illustration TAMAKI FUJI
「もう黙れ。よけいなことを考えるな」
懲らしめのように耳朶を甘く噛まれ、
こめかみからまぶた、鼻先まで男の唇が
やさしく触れてゆく。

蒼い海に秘めた恋
Love hidden to the blue sea

六青みつみ
MITSUMI ROKUSEI presents

KAIOHSHA ガッシュ文庫

イラスト★藤たまき

CONTENTS

★本作品の内容はすべてフィクションです。
実在の人物・地名・団体・事件などとは一切関係ありません。

プロローグ　「予兆《よちょう》」

「あの子は、もう完全に用済みの存在です」

もったいぶった飾《かざ》り棚《だな》の影にかくれていたショアの胸に、その言葉は氷の刃《やいば》のごとく突き刺さった。

——嘘だ。彼がそんなこと言うはずない。僕のこと…いらないなんて……。

「特効薬《とっこうやく》の生成《せいせい》に成功して量産体制も軌道《きどう》に乗った今、あの子の存在価値は皆無《かいむ》です」

むしろ邪魔《じゃま》かもしれない。そう続けた彼の冷ややかな声が、混乱しているショアの心に追い打ちをかける。

「それはまた、ずいぶんとわり切った物言いだね。彼を誰よりも『可愛がっていた』君の口からそんな薄情《はくじょう》な言葉を聞くとは思わなかったよ。開発室長。——いや、次期所長と呼ぶべきかな?」

世界で最も進んだ学問と技術が集《つど》うアストラン研究所。その頂点に立つ所長の声が、ねっとりとからみつくように響《ひび》いた。『可愛がっていた』という一語には、これまで彼とショアが結んできた特別な関係へのあからさまな揶揄《やゆ》がにじみ出ている。

「まだ正式な通達は受けていませんので室長で結構です。……所長」

粘度《ねんど》の高い所長の声とは対照的《たいしょうてき》に、彼の返事はあくまで冷淡《れいたん》かつ冷静《れいせい》だ。

――肩書きなんかよりさっきの言葉を否定して。お願いだから嘘だと言って。

ショアは震《ふる》える両手を強くにぎりしめた。

「評議会《ひょうぎかい》のうるさ方に生体実験の内幕《うちまく》を暴《あば》かれる前に、あの子はどこか…、遠い場所へ避難《ひなん》させた方がいいですね」

「親代わりに十五年も世話をしてきたんだ。君も一緒について行くのかね?」

「まさか。私にはまだまだ結果を出さねばならない研究がいくつも残っています」

小さな失笑《しっしょう》。冷静な声。

彼は普段《ふだん》からあまり感情を表に出すような人間ではなかったが、この反応は冷静を通り越して非情《ひじょう》だと感じられた。冷めた食事を下げろと、指一本で部下に命じる声と同じ。まさか自分が残飯《ざんぱん》と同じ扱《あつか》いを受ける日がくるとは思わなかった。――いや、もしかしたら心のどこかで気づいていたかもしれない。

ショアの身体で生成される抗体《こうたい》を利用した特効薬開発に成功して以来、多忙《たぼう》を理由に放っておかれることが多くなったのは事実だ。けれど懸命《けんめい》に目をそらしていた。

ずっと信じていた。十五年間、誰よりも近《ちか》しい存在だった。

辛《つら》い実験も生体採取《さいしゅ》にともなう苦痛も、全部彼のためだと思えばこそ耐《た》えてきたのに。

――ひどい…。

混乱が痛みに変わってゆく。

ショアは目を閉じ歯を食いしばり、涙と嗚咽《おえつ》をこらえた。

見捨てられた。いらないと言われた。

この世で一番信じていた人間にいとも容易《たやす》く切り捨てられた。その事実はショアの胸に凍《こご》えるほどの痛みと消えない傷痕《きずあと》を残した。

逃げなければ…。これ以上ここにいたら、僕はきっと死んでしまう。

その前にあのひとに会いたい。一度でいい、あのひとの笑顔を直接見たい。

たったひとつの願いを胸に、ショアは飛び出した。

海へ。彼の元へ——。

1　「漂着《ひょうちゃく》」

四海暦《しかいれき》一二〇二年。

風をいっぱいにはらんだ白い小さな帆船《はんせん》が、なめらかに青い海を渡ってゆく。

ショアは舳先《へさき》に近づいて、吹き抜ける強い風ときらめく陽光《ようこう》に目を細め、深呼吸した。

己の身に染みついていた、あらゆる汚濁《おだく》をふき飛ばすような風の強さが心地いい。

羽根のように広げた両腕と五本の指先が、風を切りとってゆく感触《かんしょく》。

潮の匂いと波の揺れ。

伸ばしっぱなしの薄金色《うすきんいろ》の毛先がなびいて渦巻《うずま》き、ときおり頬《ほお》にぴしりとあたる。

長い髪のせいで、これまで何度も女性にまちがえられた。もっともそのおかげで、すんなり船に乗せてもらえたのだけど。

「見えてきた。あれがアストラン大陸だ」

ショアを女性とまちがえ、密航《みっこう》を見逃してくれた船長が背後から声をかけてきた。男とわかってからもショアへの気遣いは変わらない。陽に焼けた左手で望遠鏡《ぼうえんきょう》を差し出しながら、右手で前方《ぜんぽう》を示して見せる。

小さく礼を言い、ずしりと重い望遠鏡を受けとると、ショアはそっと息を吸い込み、半月前、必死の思いで逃げ出したアストラン大陸を眺《なが》めた。

――あの日。

自分が実験体として、ただ利用されていただけだという事実を知らされた日からひと月も経《た》たないうちに、ショアは『四海平和評議会特別査察委員《しかいへいわひょうぎかいとくべつささついいん》』に保護《ほご》された。

突然現れた『査察官』と名乗る人々はきびしい口調《くちょう》で所長や室長に質問をあびせたあと、彼を研究所から連れ出した。

――連れ出してくれたと、感謝する間もなく質問攻《ぜ》めにあった。

大陸中央部に位置する研究所から評議会本部があるという南海底都市《みなみかいていとし》へ移動するために、生まれてはじめて乗せられた車の中で、特効薬開発の実態《じったい》、開発主任であるエルリンク・クリシュナについて、試作品が完成した本当の時期はいつか…、など。ショアには答えようのない質問がくり返された。

顔をしかめて口をつぐんだショアの沈黙《ちんもく》に業《ごう》を煮《に》やした査察官たちは、嫌がる身体を押さえつけ、薬を投与してまで事実を告げるよう強要《きょうよう》してきた。答えたくても答えられないこちらの事情《じじょう》にはおかまいなしだ。

薬の力で告白を強制《きょうせい》され、激《はげ》しい頭痛と吐《は》き気《け》に襲《おそ》われた瞬間《しゅんかん》、ショアは決意した。

これでは研究所で受けていた仕打《しう》ちと大差《たいさ》ない。このまま彼らについて行けば、前と同じか、それ以上ひどい目にあうかもしれない。

そんなことにはもう耐《た》えられない。
だから逃げ出した。もうこれ以上、誰かの思惑《おもわく》にふりまわされて生きるのは嫌だ。
大陸南端《たいりくなんたん》にたどり着き、十五年ぶりに見た本物の青い海に勇気をもらう。
逃げ出したのは真夜中。査察官の目を盗み、港に停泊《ていはく》していた貨物船《かもつせん》にもぐり込むと、
夜が明けるころ陸地はすでに遠く、見渡すかぎり青い海だけが広がっていた。
密航《みっこう》は簡単にばれてしまったが、船長は船を引き返すことも、どこかへ通報《つうほう》することも
しなかった。密航の理由をたずねられてショアは素直に答えた。
『僕、オルソン・グレイに会いたくて…』
『僕？　その声。おまえさん、男なのか』
『そうです。それで、あの…グレイに』
船長は手のひらで額《ひたい》を押さえ、天を仰《あお》いで見せたあと、気をとり直して答えた。
『ああ、彼なら北海採掘都市《ほっかいさいくつとし》にいるはずだ』
『知りあいなんですか！』
『いや、直接知ってるわけじゃないが、有名人だからな。北海大鉱脈《ほっかいだいこうみゃく》の発見者として』
『あの、僕、彼に会いたいんです』
蒼白《そうはく》な顔で震《ふる》えながら、子供のようにひたすら「オルソン・グレイに会いたい」と訴《うった》え
続ける必死《ひっし》さが同情を引いたのか、

『まあ、今回の航路《こうろ》からはちょいと外れてるが、寄り道してやろう』

そう言って、船長はあまり事情を詮索《せんさく》せずショアの希望を聞き入れてくれた。

望遠鏡を下ろして目をこらすと、雲ひとつなく晴れわたる空と海、その青色が溶《と》けあう水平線の一部がきらきらと陽《ひ》を弾《はじ》いている。

「あれは？」

「あれが西海底都市《にしかいていとし》アウリム。光っているのは透過大円蓋群《クラルスドーム》。もう少し近づいたらマストに登ってみるといい。海岸線に沿って真珠《しんじゅ》の粒《つぶ》を敷《し》きつめたみたいに見えるはずだ」

ショアはもう一度望遠鏡を構《かま》え、空と海の境界《きょうかい》を見つめた。澄《す》んだ海面《かいめん》に白く輝いて見える無数の円蓋《ドーム》が連なっている。今はまだ泡沫《ほうまつ》のように小さく見えるが、ひとつのドームの下には数千人が暮らしているのだという。

浅瀬《あさせ》に入ると海は紺碧《こんぺき》から明るい碧色《あおいろ》に変わる。水面下に巨大な透明円蓋《クラルスドーム》の天頂部が姿を現しはじめ、海上に突き出た無数の通風塔がきらきらと輝いている。

白い帆船はきらめく透明壁《とうめいへき》の間をすり抜け、陸に一番近いドームの船着き場で止まった。あたりには多くの船が行《い》き交《か》い、桟橋《さんばし》に集まった人々によって荷が下ろされ運ばれてゆく。

「ここが北海底都市西端集積場《せいたんしゅうせきじょう》。人と物の流れについて行けば中央市場にたどり着く。そこでたずねればオルソン・グレイの居場所がわかるはずだ」

「ありがとうございます」

ひとりで大丈夫か、と心配する船長に礼を言い船を下りた。いつ『査察官』たちに見つかるかわからない。連れ戻される前にどうしてもグレイに会ってみたい。

ショアは慎重《しんちょう》にあたりを見回してから、荷役人《にやくにん》たちにまぎれてドームに入った。

透明壁に造られた二枚続きの大扉《おおとびら》をくぐり、昇降機《しょうこうき》で地上に降り立つと、巨大なドームは吹き抜けで頭上には青々とした空が広がっていた。途中から青色が一段と濃くなるのは海との境目《さかいめ》だ。境界線はゆらゆらと陽炎《かげろう》のようにゆらめき、水面《みなも》を行き交う船の影が巨大な鳥か雲のように影を落としてゆく。壁から隣のドームの輪郭《りんかく》がうっすらと透けて見えた。

これまでショアが生きてきた、研究所の閉ざされた小さな世界とはあまりにもちがう。

人の背丈の三十倍はありそうな壁を見上げて思わず目をまわし、後ろを歩いていた荷役《にやく》人《にん》に支《ささ》えられて礼を言う。

集積場は駅の役割も果たしているらしく、荷物をつんだ車輌《しゃりょう》と大きな鞄《かばん》を手にした人々が行き交い、熱気と活気に満ちている。慣れない人混みの流れを見ているだけで目眩《めまい》がしそうだ。たっぷりとした布使いの研究所員たちの服装と異なり、海底都市の人々は無《む》駄《だ》のないすっきりとした衣服が多かった。査察官に保護されたとき着替えたおかげで、ショアの姿もうまくなじんでいる。

人波をさけて道の端により、船長からもらった地図をとり出してみた。

ショアがオルソン・グレイについて知っていることは名前と、彼が優秀《ゆうしゅう》な採掘師《さいくつし》だということだけ。

研究所の資料室で偶然《ぐうぜん》見つけた記録盤《ディスク》。モニタに映し出された太陽のような笑顔。仲間とはしゃぐ姿。きれいに澄んだ軽やかな碧《あお》い瞳。やさしそうな声。

不要になった実験体として打ち捨てられ、生きる目的を無くした空虚《くうきょ》な心に、その姿は鮮《あざ》やかに焼きついた。

ショアは無意識《むいしき》に指先で左前頭部《ひだりぜんとうぶ》を探《さぐ》った。髪の生《は》えかけた小さな手術痕《しゅじゅつあと》に触れると、怒りとあきらめと悲しみが胸を満たす。

これがある限り自分に本当の自由はない。それでも、——彼に会ってみたい。

簡略化《かんりゃくか》された市街図《しがいず》をにぎりしめ、背後を気にしながら歩き出したものの、目的地にたどり着けないまま暗くなってしまった。空腹を抱えたまま戸惑《とまど》い、食べ物が置いてある建物に入り品物を手にとると代金を要求された。

「代金って、…なんですか？」

眉間《みけん》にしわをよせた店主にそっと背中を押され店を出る。扉を閉める前に、店主はしかたないな…という顔で、ショアの手に素早く小さな包みを押し込んだ。

深夜になり、人通りが途絶《とだ》えて道も聞けなくなると、ショアは広場の植え込みの根本に身を隠した。査察官が追いかけてきたら…と思うと不安でたまらない。

明日になればきっとグレイに会える。きっと彼が助けてくれる。何の根拠《こんきょ》もないけれど、そう自分に言い聞かせ、痛む足をさすりながら身体を丸めて浅い眠りに落ちた。

翌日も一日歩き続け、日暮れてあたりに灯《ひ》が点《とも》るころ、ようやくグレイがいるという西アウリム鉱石採掘舎《こうせきさいくつしゃ》ドームにたどり着いた。

低階層《ていかいそう》の建物が点在《てんざい》する敷地内は一般人の立ち入り制限《せいげん》がないらしく、ショアがうろうろしていても不審《ふしん》がられない。しかし行き交う男たちは筋骨隆々《きんこつりゅうりゅう》とした体格が多く、ほっそりとしたショアの姿は目立ってしかたない。

彼らはショアをひと目見たとたん足を止め、ふり向き、連れの者と肘《ひじ》でつつきあった。

「どうしたんだい、お嬢ちゃん」

一番近くにいた大男に声をかけられて、

「お嬢…ちゃんではありません。僕は男です。あの、オルソン・グレイに会いたいんです。どこに行けば会えますか?」

ショアは律儀《りちぎ》にまちがいを正し、子供の使いのような口調《くちょう》で訪問《ほうもん》の理由をのべた。

怪訝《けげん》そうに顔を見あわせた男たちに教えられて奥へ進むと、大きな建物の玄関からふたつの人影が現れた。

「あ…」

ショアの目線より頭半分高い場所で、銀灰色《ぎんかいしょく》の毛先が風を受けてさわさわと揺《ゆ》れている。ポケットがたくさんついた白い作業服から伸びた腕は、健康的に日焼けした褐色《かっしょく》。きびきびとした身のこなしと明るい雰囲気《ふんいき》は、研究所の記録盤《ディスク》で見た通り。

——オルソン・グレイだ。

名を呼び、駆《か》けより、抱きつきたい。それなのに、ここまできてショアの足はすくんでしまった。すれ違いざまグレイの視線が、固まっているショアへちらりと向けられる。視線は数瞬《すうしゅん》淡《あわ》い金髪の上に留《と》まり去っていった。

グレイの後ろ姿が少し傾き、隣りを歩いている入道雲のような大男にささやいた。

「あんな子ここにいたっけ。誰かの家族？」

大男もちらりとショアをふり返り、すぐに視線を戻して首を横にふった。やりとりの間に、彼らはどんどんショアから遠ざかってゆく。

「……あ」

彼に会いさえすれば、何もかも良くなるような気がしていた。それはショアの身勝手な幻想《げんそう》にすぎない。ショアにとってグレイは、喋り方の癖《くせ》まで知っている憧《あこが》れの人だ。けれどグレイにとって自分は赤の他人にすぎない。それを痛いほど自覚した瞬間だった。

暖かい陽《ひ》のあたる場所から閉め出されたような切なさが忍《しの》び寄る。エリィに不要品扱《ふようひんあつか》いされてから懸命《けんめい》に逃げ続けてきた己《おのれ》の無価値《むかち》さを、目の前に突きつけられた気がした。

急に足がすくんで動けなくなったのは、無意識にその事実に気づいたから。

――グレイ、僕を助けて。

懇願《こんがん》が出口を無くして胸の中で渦巻《うずま》く。その瞬間、まるでショアの心の叫びが伝わったかのように銀灰色の髪がふり向いた。今度はしっかりたがいの視線がからみあう。

男は足を止め、引き返してきた。

忘れ物でもしたのだろうか。無駄な期待をしないよう、ショアは彼から視線を外してうつむいた。

「俺に何か用でも？」

驚いて顔を上げると、目の前に記録映像よりずっと魅力的《みりょくてき》で男らしい笑顔があった。

「グレイ…」

名を呼んだとたん、男の眉《まゆ》が疑問形《ぎもんけい》になる。

「前に会ったことがあったかな」

両手を差し出すようにやさしく聞かれ、昨日から続いていた緊張《きんちょう》が途切《とぎ》れた。思わず涙がこぼれかけ、あわてて汚れた手でこする。

「目を痛める」

そっと腕を止められ今度は自制心《じせいしん》が崩《くず》れた。

「グレイ、オルソン・グレイ…」

名を呼んでおずおずと腕にしがみつく。助けを求めたい。けれど怖《こわ》くて言い出せない。

「班長《はんちょう》、そろそろ約束の時間が」

グレイの背後に控《ひか》えていた大男の声でショアは我にかえった。しがみついていた袖《そで》から手を離そうとしたけれど、両手は震《ふる》えるばかりで少しも言うことをきかない。

「タフタフ、すまないが俺の代わりにライラに会ってきてくれ」

「…自分は別にかまいませんが。班長、そんなのんきな態度だと、いつかふられますよ」

「かまわん」

グレイがショアから視線をそらさず告げると、タフタフと呼ばれた男はひょいと肩をすくめた。

「班長の隠《かく》し子《ご》ですか」

飄々《ひょうひょう》とした合いの手にグレイも軽く答える。

「ばか、俺にこんなでかい子供がいるわけないだろ」

「しかしその子、十五か十六歳くらいでしょう。で、班長が三十だから」

「俺はまだ二十九だ」

「十三か十四のときの子供ですか。ずいぶんませた子供だったんですねぇ」

「好きなだけ言ってろ。お…い、おまえ、だ…じょう…か…――?」

頭上で小気味《こきみ》よく響《ひび》いていた会話が遠のいてゆく。二日間続いた緊張と疲労《ひろう》、全身の痛みで遠のきかけた意識が、身体を支える力強い腕の温かさに引き戻される。

「おい、大丈夫か？」

「あ、…はい」

かすむ目を開けると、すっきり通った鼻筋《はなすじ》が迫っていた。意志の強そうな眉、切れ長できつく見える目元の印象は、髪と同じ銀灰色の睫毛《まつげ》のおかげで和《やわ》らいでいる。

南海《なんかい》の浅瀬《あさせ》のような瞳にじっと見つめられ、ショアも彫《ほ》りの深い男らしい顔立ちを見つめ返した。碧《あお》い瞳に、涙で頬を濡《ぬ》らしたみじめな自分が映っている。

「じゃ、わたしは行きますんで」

タフタフの声で現実に引き戻された。

「あの、何か約束があったんじゃ…」

「気にしなくていい」

あっけなく言い放《はな》ったグレイに抱き上げられて、両脚《りょうあし》が宙に浮く。

「あ、あの…」

「身体が冷えてる。落ち着くまで俺の部屋で休むといい」

やさしい声を聞いた瞬間、ショアの胸に凝《こご》っていた何かが溶《と》け崩れた。

「グレイ、グレイ…」

「もう大丈夫だ。心配するな」

震えながらしがみつくショアを腕に抱き、グレイは少しも動じることなく歩き続けた。

部屋に入り、床に下ろされたとたん崩れ落ちたショアの足を見て、グレイは眉を寄せた。

「なんだ豆だらけじゃないか。ああ、皮が破れてる。痛かっただろう」

血のにじんだ靴下《くつした》を脱がされ、手際《てぎわ》よく手当をはじめたグレイに足首をつかまれると、全身が小さく震えた。

「寒いのか?」

「ちが…」

グレイが触れた場所だけ火のように熱い。

「おまえ、名前は?」

「ショア…、ショア・ランカーム」

「歳は」

「…二十一」

グレイのつむじが勢《いきお》いよく動いた。

「二十一!? 嘘だろ、もっと子供かと」

「……すみません」

「いやいいんだ、いいんだが。…二十一か」

手元に視線を戻したグレイから、少しだけ気遣いとやさしさの気配が遠のく。

「仕事は何をしてるんだ。住んでる地区は」

さっきまでの親切は対子供仕様《たいこどもしよう》だったらしく、ショアが成人して三年も経っているとわかったとたん声も態度も何やら素《そ》っ気《け》ない。

「仕事…は、したことありません。住んでいたところは追い出されて…」

力なく首をふり、正直に身の上を語ると、男の眼差しに憐憫《れんびん》と同情の色が浮かんだ。

「それで、どうして俺のところへ」

声に先刻《せんこく》までのやさしさが舞《ま》い戻る。

「学習用の記録映像を見て…、鉱石採掘の」

「ああ、あれか」

グレイは少し照れくさそうにうなずいた。

しばらく無言で動いていたつむじがふいに消えて、代わりに笑顔が表れる。

「これでもう大丈夫だ。しばらく痛むだろうが、歩けないほどじゃない」

微笑《ほほえ》まれて、胸がもう一度大きく高鳴った。

グレイが笑顔になったとたん周囲がぱっと明るくなる。目尻《めじり》に笑いじわができると表情に頼《たの》もしさとやさしさが増し、この笑顔を見るためならどんな努力も惜《お》しまない、そう思わせる磁力《じりょく》を帯びる。

ショアは赤くなる前に急いでうつむいた。髪が頬にかかり表情をかくしてくれる。

「施療院《せりょういん》から抜けだして来たのか」

答えの代わりに肩がゆれてしまう。

当たらずとも遠からず。グレイの指摘《してき》にショアは驚いて顔を上げた。

「どうして…？」

「足の裏を見ればわかる。長時間歩いたことがないんだろう。それに痩《や》せてるし、顔色も悪い」

「お、追い出されたんです」

「施療院を？」

「似てるけど、少しちがう…」

「扶育院《ふいくいん》か。二十一ならしかたないかもな」

扶育院がどんなところか知らないショアは黙《だま》ってうつむいた。本当のことは言えない。

隣にグレイの温もりが近づき、肩をそっと抱き寄せられて思わず弱音《よわね》がこぼれた。

「——…役立たずになったから、もういらないと言われました」

小さく息をのむ音に続いて、そっと名を呼ばれ、ささやきと吐息《といき》が耳元に近づく。

うつむいたままのショアのあごに指先が触れる。やさしく顔を上げるよう促《うなが》され、

「本当に役に立たない人間なんていない。人は誰かを支えるために生まれてくるんだ。支えて支えられる。無駄な命なんてない」

「本当に…？」

それなら、エリィに『いらない』と言われた自分にも、必要としてくれる誰かがいるのだろうか。

不安で視点の定まらないショアの瞳を、グレイの眼差《まなざ》しがしっかり繋ぎとめる。

「ああ」

「グレイ。…僕は貴方《あなた》に会いたかった。記録盤《ディスク》ではじめて見たときから、ずっと貴方に」

親とも兄とも慕《した》い、信じた人には、用済みと言われて捨てられた。新しい保護者として名乗り出た査察委員には、研究所と大差《たいさ》ない扱いを受けた。

ショアにはもう帰る場所がない。家族も、頼るべき人もいない。

「グレイ、お願い。……僕を…助けて」

ついにこぼれた懇願と同時に、にぎりしめた両手に涙が落ちた。震える拳に、温かく大きな手のひらが重なり引き寄せられる。

「帰る場所がないなら、ここで暮らせばいい。仕事も世話してやるから。な」

ぽんぽんとあやされるよう背中を軽く叩《たた》かれ、なぐさめと受容《じゅよう》の言葉に安堵《あんど》して、ショアはグレイの胸に顔を埋《うず》めた。

翌朝。足の痛みが引かないショアに留守《るす》をまかせて、グレイは仕事に出かけた。

寝室と小さな居間と浴室、それに湯を沸《わ》かす程度の焜炉《こんろ》がひとつ備《そな》わった独居用《どっきょよう》のこじんまりとしたグレイの部屋で、ショアは思わず溜息《ためいき》をつき寝台《しんだい》に腰を下ろした。彼の温《ぬく》もりが残る毛布につっぷして目を閉じる。

『役立たずになったから、もういらないと言われました』

昨夜、どうしてあんなことを言ってしまったんだろう。彼にとって自分は初対面の他人に過ぎないのに。突然べらべらと泣き言《ごと》を並べたてられて、きっと驚いたにちがいない。

『貴方に会いたかった』

——嘘じゃない、本当のことだ。

エリィに見捨てられたあとの研究所は、孤独な監獄《かんごく》だった。愛情も信頼も、己の存在価値も全部無くし、何かにすがらなければ息も出来なくて、偶然見た記録映像の中の彼がとてもまぶしくて、幸せそうで。

空虚《くうきょ》な部屋の中で膝《ひざ》を抱え、話しかけた画面の中でオルソン・グレイはいつも笑ってた。返事が返ってくることなどない、一方通行の想い。

本物のグレイは想像以上にやさしくて、だからつい弱音がこぼれた。

ショアを抱くときもどこかひんやりしていたエリィの肌《はだ》とちがい、グレイの腕はとても温かかった。抱きしめられた腕の力強さを思い出すと、下腹《したばら》の辺りから震えが湧き上がる。

突然、グレイの腕の中で喘《あえ》ぐ自分を想像しかけてあわててふり払う。いけない。エリィに捨てられてできた心の空隙を、彼で埋めようとしている己の浅ましさを戒《いまし》めた。

夜になって戻ってきたグレイは、ショアの顔をひと目見るなり駆け寄ってきた。

「どうしたんだその頭は！」

「お昼に、お湯を沸かそうとして…」

失敗したのだ。

「それで、その有り様か」

グレイの視線と溜息が小さな流し台にそそがれる。黒焦《こ》げのキッシュの欠片《かけら》に茶葉《ちゃば》をばらまいて片付けた跡、湯をこぼして拭《ふ》いた跡。

「火傷《やけど》は？」

とっさに両手を隠すと、間髪入れずにつかんで引き寄せられた。

「痕が残るほどじゃないな。それより問題はこの前髪だ」

グレイは少し赤くなった指先を確かめてほっと息をつき、右手でショアの焦げた前髪をかき分けた。身を引いて逃げる間もなく額を探られ、こめかみから耳たぶ、首筋にまで指先が触れてゆく。

「焦がしたのは前髪だけか？　せっかくきれいな髪だったのに…」

「え？」

あとのつぶやきがよく聞こえなかった。聞き返すとグレイは何でもないと頭をふる。

「とりあえず焦げた部分は切った方がいい」

鋏《ハサミ》を手にしたグレイに、ショアは素直に身を委《ゆだ》ねた。——その結果は…。

ザクリと景気のいい音とともに視界が指一本分くっきり開けた。

「うあっ…、すまん！」

同時に焦《あせ》ったグレイの声が響き、床に白っぽい金髪が房《ふさ》となってぽとりと落ちる。

「ダメだ。俺にはできない…」

グレイは両目を手のひらで押さえ何やら苦悩したあと、鋏を持ったままショアを連れて部屋を出た。

「タフタフ、頼む」

隣の部屋の扉を返事も待たずに開けると、丁寧《ていねい》に洗濯物を畳《たた》んでいた小山のように大きな男がふり向いた。

タフタフのいかつい手指は驚くほど繊細《せんさい》かつ器用な動きで鋏をあやつり、ショアの焦げた前髪を手際《てぎわ》よくとりのぞく。ついでにグレイがザックリ切り落とした部分を上手く誤魔《ごま》化《か》し、全体をすっきり整える。グレイの注文を反映して、長さはあまり変えていない。

「はいどうぞ」

差し出された鏡の中には後ろ姿が映ったもう一枚の鏡。出来栄《できば》えを確認して礼を言う。

「あ、ありがとうございます。…あの」

浅黒い肌の見上げるような大男のタフタフは、筋骨隆々とした外見に反しておだやかな物腰で身を屈《かが》め、栗色のやさしい瞳でショアを見つめた。

「私の名前はタルフ・タフィー。タフタフと呼んでください」

「見た目はごついけど、手先は俺よりよっぽど器用なんだ」

「班長が大雑把《おおざっぱ》すぎるんですよ。…ところで、あちらはどうするんですか」

「次の休養日にでも、会って話すよ」

「決着を？」

「まあね」

頭上で交わされる会話の意味はわからないものの、「あれ、それ」で通じるふたりの親密さは伝わってきて、なんだか羨ましい。

きれいに整理整頓《せいりせいとん》されたタフタフの居室《きょしつ》を出て部屋に戻り、改めて室内を見渡すと雑然《ざつぜん》さが際立《きわだ》って見える。

「ごめんなさい。片づけようとして、終わらなくて…」

「ショアも整理整頓が苦手か。仲間だな」

朝、自分が出かけたときより散らかってしまった部屋を眺め、グレイは屈託《くったく》なく笑った。

情けなくてうつむいたとたん、今度は腹の虫が「ぐう」と主張してショアは赤くなる。

「いつもはたいてい外食なんだが、おまえの足、まだ痛むだろうから今夜は自炊《じすい》な」

グレイは食材を確認しながら顔を上げ、

「ショアおまえ料理でき、…るわけないか」

あきらめたように肩を落とす。

「手伝います」

あわてて言い募《つの》ると、野菜を洗って切るよう指示された。しかし、それだけのことがショアには極めて難しい。

丸ごと水に浸《ひた》した甘藍《キャベツ》を持ち上げ、ポタポタ水を滴《したた》らせながらウロウロしていると、

「もう少ししっかり洗え」

注意され、今度は束子《タワシ》でこすろうとしてあわてて止《と》められる。

「待て。そんなものでこすってどうする」

グレイはあきれたように火を止め、ショアの隣りに立ち、野菜の洗い方、包丁の持ち方、さらに焜炉《こんろ》の使い方から湯の沸かし方まで、一から教えてくれた。

炒《いた》めた肉を皿に移すよう言われ、フライパンをつかもうとして熱さに飛び上がる。

「熱ッ」

「うわ、待てっ！」

あわてたグレイに背後から引き戻され、

「どうして、素手《すで》で触ろうとするんだ」

ひりひりと痛みを発する指先を水に浸されている間、ずっと抱きしめられたままだった。

「あの、グレイ…。もう平気だから」

ぷくりと赤く腫《は》れ上がった指先よりも、彼の腕が回された腰や、ぴたりと寄りそう背中の方が熱い。

「おまえ、本当に何にも知らないんだな」

困惑《こんわく》を含《ふく》んだグレイの声が深い溜息とともに項《うなじ》に落ちて、ひやりと血の気が引く。

「ご、ごめんなさい」

役立たずだと思われた。呆《あき》れられた。

グレイにまで『いらない』と言われたらどうしよう。

「……ごめんなさい」

研究所では三度の食事はおろか、菓子類や飲み物など、口にするものはすべて係の者が用意してくれた。自分で何かを調理した記憶は、研究所に連れ去られる前、生まれ故郷の砂浜で両親と一緒に魚を焼いた覚えがあるだけ。十五年も前の遠い記憶だ。

「そんなに謝らなくていい。これから覚えていけばいいんだ。俺が教えてやるから」

情けなくて逃げ出そうとした身体をそっと引き戻され、やさしい瞳に諭《さと》された。

これからという言葉には未来がある。

温かい腕の中でショアはほっと力を抜いた。

2　「一天《いってん》四海《しかい》」

「ショア、でかけるぞ」

グレイの部屋に転がり込んで十一日目の朝。

手をひかれ、宿舎《しゅくしゃ》の玄関まで連れ出されたとたん、ショアは不安になって足を止めた。

「どこへ行くの？」

「西海採掘舎見学《せいかいさいくつしゃけんがく》。おまえ、物覚えがいいから何か仕事があるはずだ」

同居が五日目くらいになると、ショアはたいていのことができるようになっていた。

焜炉の火力調整のコツをつかみ、タフタフに借りた本を見ながら料理を作るのは意外と簡単だったし、包丁使いは下手でも味つけはグレイより上手いと褒《ほ》められた。掃除の手順はタフタフに教わり、グレイの好みにあわせた『適度な散らかり具合』を保《たも》っている。

「なんだ。できないいんじゃなくて、やったことがなかっただけか」

ショアの物覚えのよさを、グレイはそう評《ひょう》した。

「遠いの？」

グレイの服の端をつかんだまま、ショアは用心深くあたりを見回した。四海評議会特別査察官たちが現れて、連れ戻そうするかもしれない。そのことが不安で、ずっと部屋の中にばかりいたのに。

「すぐそこだ——何？　何を怯《おび》えて…、もしかして、誰かに追われてるのか？」

「え、ちが…」

否定しかけて、素直に認めた。

「……そうかも」

グレイに嘘をついてもしかたない。言えないことはあるけれど、嘘はつきたくない。

「誰に？」

「…うまく、説明できない」

うつむいて唇をかみ、白くなるほど両手をにぎりしめる。査察官の保護下から逃げ出した経緯《いきさつ》を説明するには、研究所のことも話さなければならない。でも、それはできない。

「——そうか」

グレイはそれ以上深く追求してこなかった。

代わりに肩を抱き寄せられ、照れくさそうな、けれど真摯《しんし》な声と顔が近づく。

「何かあったら俺に言え。守ってやるから」

言葉の意味を理解した瞬間、ショアの胸は痛いほど高鳴った。身体を満たす魂《たましい》の大半《たいはん》を根こそぎ奪《うば》われた気がする。

「あ…、ありがと」

グレイの瞳をじっと見つめていると、さらに深い場所から何かが現れそうになる。それが何なのか知りたくて、でも怖くて、逃げ出したい衝動《しょうどう》にかられる。

鼻先が触れそうなほど近づく視線をそらすように、ショアは小首を傾《かし》げた。

「グレイ？」

男の目元がふっとゆるむ。けぶるような、たまらなくやさしい笑顔を間近《まぢか》にあびて、不安が遠のく。

「行こうか」

しっかり手を繋がれたまま、ショアはグレイと一緒に歩き出した。

天井の低いドームの中央に建つ頑丈《がんじょう》そうな建物に入ると、ちょうど廊下《ろうか》を横切ったタフタフに声をかけられた。

「おや、班長。今日は非番《ひばん》だったのでは」

「情報処理室で手が足りなくて困ってるって言ってただろ。見習《みなら》いを連れてきた」

くいっと親指で指し示されて、ショアはようやく本来の目的を思い出した。

「あの、よろしくお願いします」

働くということがどういうことなのかよくわからないものの、その日は一日グレイに見守られながらあれこれと雑用をこなした。

「班長、そろそろ演算機《えんざんき》がやばいっス」

部屋の隅《すみ》に積み上げられた箱の中身を確認していたショアがふり向くと、ずいぶん年季《ねんき》の入った装置の前でグレイと数人の男たちが額をつきあわせている。

「機械室に修理は頼んだのか?」

「連中もお手上げだそうで」

「まずいな。こいつに逝《い》かれると鉱床探査修正《こうしょうたんさしゅうせい》の精度《せいど》が落ちる」

そろりそろりと近づき覗《のぞ》き込むと、型は古いけれど研究所でよく見たものに似ている。

「あの、ちょっと見せてください」

ごつい男たちの隙間《すきま》をぬって大きな装置の後ろに回り保護板《ほごばん》を外すと、やはり見覚えのある回路がずらりと並んでいた。

「ショア、わかるのか?」

隣に立ったグレイが意外そうにささやく。

「たぶん」

研究所で与えられた個人用の機械《マシン》より格段に単純なつくりだ。

「翻訳機能《ほんやくきのう》の制御回路《せいぎょかいろ》が摩耗《まもう》してる。うわ、ずいぶん使い込んであるなぁ。交換用の部品は……無いんですよね」

とりあえず生きてる回路同士を接続してから、故障箇所にかかる負荷《ふか》を軽くする措置をして応急処置を終える。

「これでしばらくは動くと思います、けど」

顔を上げると、驚き顔の男たちが見下ろしている。ショアはあわててグレイの後ろに身を隠《かく》し、ひっそりと謝《あやま》った。

「あの、勝手なことしてすみませんでした…」


ひと月ほどの見習い兼雑用を経て、ショアは西海採掘舎で働くことになった。

「知ってる者もいると思うが、今日から正式に我が五班の仲間になるショア・ランカームだ。担当は機械の維持管理《いじかんり》と保守《ほしゅ》」

数十名の男たちで賑《にぎわ》う食堂でグレイに紹介してもらい、ショアはぺこりと頭を下げた。半数は見習い期間中に知った顔だが、あとの半数は見覚えがない。

「よろしくお願いします」

「うぃーっす」

野太《のぶと》いわりにいたってのんきな返事をつむじに受け、ショアがそろりと顔を上げると、さっきは分散《ぶんさん》していた視線が一気に集中した。一拍《いっぱく》置いて軽いどよめき。

「班長ぉ、質問！」

「なんだベルグ。最初に言っとくが、こいつは男だぞ」

再びどよめき。

ショアはいくつもの視線と声に押されて半歩下がり、助けを求めてグレイを見上げた。背中に回ったグレイの手が「大丈夫」だと伝えながら班員をなだめる。

「水腐病《すいふびょう》の特効薬が開発されたからって女の数がすぐに増えるわけじゃない。危険な採掘現場で働く許可が下りるわけないだろ」

水腐病は罹患率《りかんりつ》が男子の二割に比べて女子は七割と非常に高く、一度罹《かか》ると治癒《ちゆ》することなく死に至る恐ろしい病である。

特効薬が開発されたおかげで死亡率は劇的《げきてき》に低下したものの、女性の数の少なさには変わりがない。アストラン大陸でもアウリム海底都市でも女性と男性の人口比は一対十。釣りあいがとれるのは何世代も先だろう。

「なんだそうか、やっぱりな」という落胆《らくたん》と納得の声の中に混じって、今度は別の方角から質問が飛んできた。

「恋人はいるんすか?」

予想外の質問にショアは面食《めんく》らった。

「…そんなことを聞いてどうするんですか」

「そりゃもちろん、いない場合はオレが立候補しようと思って」

子孫繁栄《しそんはんえい》の観点《かんてん》からも女性は非常に大切にされている。当然恋人になるための競争も激しい。男たちは女性や母性を尊《とうと》び女神のように崇拝《すうはい》するが、その一方で最初からあまり女性に対して興味を抱かない者も出てくる。十対一という男女比に対する自然の摂理《せつり》だろう。地上でも海底都市でも、男同士で恋を語らい寝食《しんしょく》を共にしても、特に非難はされない。

浅黒い肌に四角ばった顔つきの大男がのそりと立ち上がり、にかっと笑う。とたんに「ずるいぞ俺も、いや俺だ」と、次々手を挙げ立ち上がる男たちをグレイが制した。

「残念だが諸君に望みはない。彼にはすでに心に決めた人がいる」

呆気《あっけ》にとられたショアが否定も肯定もする間もなく、肩を抱き寄せられ、

「ちなみにそれが誰かは、遠からず諸君らの知るところとなるだろう」

頬に唇《くち》接《づ》けるふりをしたグレイに『話をあわせて』と耳元でささかれ、素直にうなずいたとたん、三度目のどよめき。

同時に休憩時間の終わりを告げる鐘が鳴り、班員はそれぞれ席を立ち、グレイとショアに親しく声をかけながら食堂を出て行った。

「で、本当はどうなんだ?」

「は?」

「恋人」

水深百メートル近い採掘現場に向かうトンネルは圧迫感《あっぱくかん》のないよう天井《てんじょう》が高く作られているせいか、きれいに声が響く。どこかひんやりしているその場所で、ショアはピタリ

と足を止めた。

「そんなことを聞いてどうするんです」

「いないなら俺が立候補しようかと思って」

一般的な恋人の定義《ていぎ》くらいショアだって知っている。同性同士の場合、定義の幅《はば》が個人によって差があることも。身体だけの気楽な関係。寝食をともにする親密《しんみつ》なもの。それから家族として共同体を築《きず》くもの。

知識としては知っていても、ショアにはそれがどんなものなのか実感が湧かない。かつてショアを恋人のように抱き、家族のように慈《いつく》しんでくれた人は、それら全部が嘘だったと言い放った。研究のために利用しただけだと。

「僕は、そういう関係はよくわからなくて」

ぽそりとつぶやいたとたん大きな溜息をつかれて、ショアはあわてて言い直した。

「貴方は憧《あこが》れの人です。だけど、恋人とかそういうのは…考えられない」

もっと正直に言うなら『怖い』。自分が他人から求められることも信じられない。

――エリィが僕を大切に扱っていたのは抗体のためだった。考えてみれば、それはとてもわかりやすい理由だったと思う。でも、グレイが僕を好きだと言う理由がわからない。僕を恋人にすることで、彼にとって何か利点があるのだろうか。

それに、もしもグレイの求めに応じたら、そのあとは？　彼にとっての利用価値が無くなったとき、また捨てられてしまうとしたら。

そんなのは嫌だ。もう嫌だ。

そんな目にまたあうくらいなら、名前の無いあいまいな関係のままでいい。

「なるほど、わかった。ショアには現在恋人と呼べる特別な存在はいない。そしてこの先も作るつもりはない。だけど俺には好意を抱いてくれてる。それでまちがいない？」

ショアはうなずいた。

「じゃあ気が変わったらすぐに申告《しんこく》してくれ。俺の胸はいつでも空けておくから」

返事の代わりに「ライラさんて誰」と口走《くちばし》る寸前《すんぜん》、機械室へたどり着いてしまった。

「よし、みんなに紹介しよう」

半透明《はんとうめい》の扉を開けると、グレイは四人の仲間を次々と紹介していった。

赤毛できつい眼差《まなざ》しのキールは最年少の通信士。採取されたデータ分析担当のロアンはこの部署では最年長の四十一歳。フレイムとダイラは、それぞれ分析されたデータの再入力と機材調整を担当している。

「さっそく一昨日納品されたクリノメーターの確認を頼もうか」

ロアンに手招《てまね》かれ、素直にうなずくショアの後ろでグレイがぽそりと釘《くぎ》を刺《さ》した。

「ロアン、彼はここに来て間がない。不慣《ふな》れなことも多いだろうが助けてやってくれ」

班長の私情《しじょう》まじりの注文に、ロアンは年長者の鷹揚《おうよう》さでうなずいた。

「はいはい。この坊やの『心に決めた人』が心配しないよう気をつけましょう」

ニヤリと笑い、片手を上げて去って行くグレイを見送り、ロアンはやれやれと肩をすくめて見せてから、新入りのために仕事の説明をはじめた。

採掘現場には、時々アストラン研究所から新しい機材が納品される。しかし研究者の作った説明書は難解《なんかい》で、機材自体の使い勝手も悪いことが多い。

「前はちゃんと使用訓練や操作性の改善交渉やらで、研究員が滞在してくれたんだがな」

ロアンがぼやくと、解析機《かいせきき》の向こうからキールが言い足した。

「仕方ないだろ。上の奴《やつ》ら、最近オレたちを見下《みくだ》してここにくるの嫌がってるんだから」

「個人じゃなく上層部の命令って感じだよな。なんかきな臭《くさ》いって言うか」

フレイムがモニタから目を離さず会話に参加すると、ダイラが続けた。

「独立を目論《もくろ》んでるって噂《うわさ》ですよ」

うへぇと、ショア以外の全員が首をすくめて見せた。その反応には理由がある。

――千二百年前。地表の九割が海水で覆《おお》われ、人口が千分の一まで激減《げきげん》するという未曾《みぞ》有《う》の大洪水時代が訪《おとず》れて以来、人々は力をあわせて、四つの海底都市とひとつの陸上都市を作り上げ、一天四海の名の下に平等かつ永久平和条約を結び、たがいに協力しあい助けあうことで文化を存続《そんぞく》させてきた。

突然世界を襲《おそ》った天変地異《てんぺんちい》と大洪水の原因が何であったのか、真実を知る者はいない。

地軸《ちじく》の転移。オゾン層の破壊と森林減少による急激な温暖化。その結果として氷河の融《ゆう》解《かい》と海面上昇。国際条約に反した地下核実験。

洪水直後、生き残った人々の間でまことしやかにささやかれた諸説《しょせつ》は、現在、新たな創《そう》世神話《せいしんわ》の挿話《そうわ》として語り継《つ》がれている。洪水前、多くの人々に影響を及ぼしていた聖職者たちは、神の怒り――天罰であると絶叫した。

一部の神秘主義者たちは、こう主張した。

神をもしのぐ支配力で大地と海と空を己の我欲で陵辱《りょうじょく》し搾取《さくしゅ》し続けた人類が、ついに貪欲《どんよく》なその顎《あぎと》を宇宙へ向け、他の惑星に噛《か》みついた瞬間に「それ」が起きた、と。

自分の家が貧しくなったからという理由で隣の家に無断で押し入り、金品に手をつける盗人《ぬすびと》のような人間の、精神性の低さが原因なのだと。

家の中に隠れて親を殴《なぐ》り食べ物を貪《むさぼ》り、部屋をどれほど汚しても警察が飛び込んでくることはない。けれど他家に無断で踏み込み、同じようにふる舞えば当然非難されるだろう。

世界の調和を司《つかさど》る、何か大きな力が働いた。

生き残った人々の多くは漠然《ばくぜん》とその真理に気づき、謙虚《けんきょ》になり、力をあわせて苦難の時代を乗り切るための努力をはじめた。

失われたものは、人も大地も情報も膨大な量であり、すべてをとり戻すことは不可能。

そしてとり戻さない方がいいものもある。

学者たちの見解では、再び氷河期《ひょうがき》が訪れ、海面が下降して陸地が現れるのは早くて五千年後だという。遅ければ二万年先。

唯一残った大陸は、元が高山地帯であったため土壌《どじょう》と呼べるものがほとんど無い。大洪水前であれば、弱肉強食《じゃくにくきょうしょく》の掟《おきて》をふりかざし、弱い者を犠牲《ぎせい》にしてでも生き延びようとする者が、血で血を洗う略奪行為《りゃくだつこうい》をはじめたかもしれない。けれど未曾有の大災害を生き延びた人々は、わずかな食糧を分けあい寄りそい暖《だん》をとり、暴力ではなく知恵を出しあった。

皆で生き延びるために。やがて現れる希望の大地を、子孫がその目で見られるように。

人々の願いが天に通じたのか、間もなく新しい鉱物が発見された。海底に降り積もった大量の貝の死骸《しがい》の下から発見されたそれは、貝殻鉱石《かいがらこうせき》と名付けられた。

大洪水が、かつての聖職者が言うように「神の制裁《せいさい》」であるのなら、新鉱石の発見は「神の慈悲《じひ》」だったのかもしれない。

製錬《せいれん》されると美しい真珠色《しんじゅいろ》の粉末になる貝殻鉱石は、添加《てんか》する物質と温度によって、様々な形態に加工が可能となる。

人々は貝殻鉱石から作られた透過板《クラルス》を利用して、沿岸部に広がる広大な浅瀬を干拓《かんたく》しはじめた。さらに土壌の研究、海水から真水《まみず》を作る方法、太陽光を効率よくとり入れ再び照射《しょうしゃ》する技術、そして水から動力を得る方法が研究開発され、技術の発達とともに、堤《てい》防《ぼう》は巨大な透明円蓋《クラルスドーム》に姿を変えていった。

やがて多くの人々は豊かで安全な海底に移住し、都市を形作りはじめた。その一方で、大洪水前の学者たちで形成された研究開発集団は、アストランと名付けられた痩《や》せて荒《こう》涼《りょう》とした陸地に居残った。

彼らの役目は、過去に失われた数々の知識や技術の復興と、新しい時代を生き延びるための新しい技術を生み出すことである。

研究所からもたらされる知識と技術の見返りに、海底都市では彼らの衣食住を支える。頭脳労働は地上、生産活動は海底。そうした図式で均衡《きんこう》と平和を保ってきた。

制度の裏側には、膨大な知識と先端技術を所有し、ともすれば暴走しがちになる研究所への牽制《けんせい》が含まれている。

「上の奴らは、陸地に住んでるってことに妙な特権意識を持ってるからなぁ」

ロアンがあきらめ顔でぼやくと、後ろでキールが憤然《ふんぜん》と言いつのった。

「持ちすぎだよ。奴らの頭が良いってことは認めるけど、それは別に特別なことじゃない。みんなそれぞれ得意なことで何かを作り出してるんだ」

キールは正義感が強いんだ。ロアンがこっそりショアに耳打ちしてきた。

「研究所《アストラン》と海底都市《アウリム》って、そんなに仲が悪かったんですか」

ロアンにたずねながら梱包《こんぽう》されたままだった機材を広げると、研究所の匂いがかすかに漂《ただよ》う。今となっては忌《い》まわしいだけの記憶を刺激され、ショアは小さく首をふった。

「仲が悪いっつーか…、水腐病特効薬の配布方法で一気に険悪になったわな」

「え…」

「この話題、班長の前では出すなよ」

特効薬という単語とグレイの名を出され、ショアはおそるおそるたずねた。

「何が、あったんですか?」

「特効薬完成の公表前に、こっそり地上の連中にだけ配布されたって噂があるんだ」

「それは…」

ショアの脳裏にチカリと何かが閃《ひらめ》いた。

執拗《しつよう》にくり返される生体採取。ショアの体内でのみ生成される特殊な抗体。密約《みつやく》――。

「しかも、その時期にちょうど班長のおふくろさんと妹が水腐病で亡くなってる」

「そんな…」

「班長はその前にも恋人を水腐病で亡くしてるんだ。だから不正配布疑惑の一件以来、上に住む人間、特に研究所の奴らを嫌ってる」

研究所の人間を卑怯者《ひきょうもの》と蔑《さげず》んでいるのは、グレイだけではない。ほとんどの海底住民が彼らのやり方を恨《うら》んでいる。

目尻の下がった柔和《にゅうわ》な顔つきのまま、ロアンは静かな怒りを示した。

「特効薬を開発してくれたことには感謝してるさ。だけど、もう少し人としての品位《ひんい》や威厳《いげん》ってものが欲しいよな…と思ってるところへ、独立だの何だの、身勝手な噂が流れてくれば誰だって嫌な気持ちになるだろ」

ショアの胸に澱《おり》のような悲しみが生まれた。

エリィが自分を利用して、そんな卑怯なふるまいをしていたことが切ない。

研究所と海底都市の間に深刻な確執《かくしつ》が存在する事実にも、強い衝撃を覚えた。

左前頭部の小さな手術痕に指先をさまよわせながら、ショアは改めて己の出自《しゅつじ》がばれないよう細心の注意が必要だと痛感した。


一通りの点検を終えて一息ついていると、赤毛のキールが近づいてきた。背丈《せたけ》と身体つきはショアとほぼ同じ。切れ長の目と引き結んだ唇の形が気の強さを表している。

「さっき食堂で班長が言ったことだけど」

何やら押し殺した声でたずねられる。

「心に決めた人とか何とか…。あれってどういう意味？　あんたグレイの恋人なのか」

「まさか」

あまりに直截的《ちょくせつてき》な質問に驚きつつ、ショアはあわてて否定した。

「ちがう、そんなんじゃない。あれはあの場を収めるための方便《ほうべん》だよ」

「やっぱりね。班長、みんなには隠してるけど、ちゃんと女の恋人がいるもんな」

「え…」

ドンと、細い棒で鳩尾《みぞおち》を強く小突《こづ》かれたような衝撃があった。思わず胸のあたりに手を当て、わけもなく指先をさまよわせる。

「女なんてめんどくさいだけなのに」

それはキール個人の意見ではない。

数の少ない女性との恋愛は、激しい競争を勝ち抜いて恋人と認められても、その後結婚に至るまでさまざまな適正検査や事前調査が待っている。

女性は一度に三人まで夫を持つことができ、女性から離婚の要望があれば男性に拒否権はない。意に添《そ》わない夫と暮らして出産や子育てに支障が出るよりも、気に入った夫を新たに迎えた方が母子のためであるという理屈だ。

何かと面倒臭《めんどうくさ》いものの、女性と婚姻《こんいん》できた男は子孫を残すべく選ばれた優秀な個体として尊敬されるので、子供たちは親から『女の子に選んでもらえるよう強く逞《たくま》しく、そしてやさしい男になりなさい』と育てられる。

「やっぱり子供が欲しいのかなぁ。グレイって絶対浮気しないから、女の人とつきあいはじめたらもう望みはないかも」

ひとり言のようなキールのつぶやきに、離れた場所からロアンのからかいが飛んできた。

「おまえまだ班長を狙《ねら》ってるのか？」

「あんたには関係ないよ、ロアン」

「失恋したら俺がいつでも慰《なぐさ》めてやるぜ」

「あいにくオレはバツイチおじさんには興味ないんだ」

「俺は尻の青いひよっこでも大歓迎だ」

「ひよっこ言うな！」

十九歳のキールは子供扱いされることを嫌うらしい。ぽんぽん言いあうふたりの会話も、ショアの耳にはあまり入ってこなかった。

やはりライラというのは恋人なのだ。

覚悟はしていたのに、想像以上に胸が痛い。

それ以上に混乱している。

――グレイはいったいどういうつもりで、僕の恋人に立候補するなんて言ったんだろう。

「からかわれたのかな…」

そんなことをする人じゃないと思いながら、それしか考えられない。

息苦しさを覚えるほどの痛みを訴える胸に手のひらをさまよわせ、ショアはやっと己の気持ちを自覚した。

あいまいな関係のままがいいなんて嘘だ。本当は、グレイの特別な存在になりたかった。

無理な願いを手の中にそっとにぎりしめ、ショアはあきらめの溜息をついた。

現場から宿舎へ戻る途中で思わず足を止めたショアは、感嘆《かんたん》の声を上げた。

「きれいだ…」

居住区のある後方基地から網《あみ》の目《め》状《じょう》に伸びる細い透明《クラルス》トンネルの先に、パインと呼ばれる採掘用の小ドームが無数に点在している。蒼《あお》い海の底で自ら発光する姿は、ちょうど蜘蛛《くも》の巣に朝露《あさつゆ》が珠《たま》を連ねるようすに似ているかもしれない。

透明壁にぺたりと額をつけ、景色に見入るショアのつむじにグレイの吐息が落ちた。

「西海採掘舎は北海で最大規模だからな。あのドームの下に貝殻鉱石の鉱床が伸びてる。昔はもっと浅瀬で見つかったらしいけど、今は深い場所ばかりだな。…あまり掘りすぎるなって意味かも知れない」

数百年前は簡単だった鉱石採掘も、今では良質な鉱床を発見すること自体が難しいらしい。グレイはその鉱床を発見するずば抜けた能力を有しており、それ故《ゆえ》に有名人でもある。

「そういえば、海の底なのにどうして太陽が見えるんだろう」

宿舎のある後方基地に戻ると、紫《むらさき》がかったきれいな青空を見上げて、ショアはずっと疑問に思っていたことを口にする。

「あれは陽光転照装置《ようこうてんしょうそうち》だろ。おまえ、本当に何も知らないんだな。もしかして、一度も海底都市に来たことがなかったのか」

「…うん」

会話がまずい方向へ行きそうなのを感じ、ショアは視線をそらした。

「じゃあ、今までどこに住んでた？」

「……」

「――おい。まさか、アストラン研究所出身とかいうんじゃないだろうな？」

突然、グレイの口調に冷たく鋭《するど》いものが混じる。これまでの大らかさからは信じられない変化に驚きながら、ロアンから聞いた彼の研究所嫌いの理由を思い出し、ショアはとっさに首を横にふってしまった。

「ちが…う。生まれたのは、南の小さな島。すごく遠い所で、砂浜がすごくきれいな」

「な…んだ、そうか。辺境《へんきょう》の島育ちか」

それなら世間知らずでもしかたない。ほっとしたようにグレイの肩から力が抜け、ショアの腕を痛いほどつかんでいた両手もゆるむ。

やさしく手のひらをにぎり直されたけれど、ショアの心は罪悪感で痛んだままだ。

――嘘をついてしまった。

奥歯を噛みしめ、自分の心の弱さを嘆《なげ》く。

「…グレイは、研究所が嫌いなの？」

「大嫌いだ」

微塵《みじん》のためらいもなく言い放たれ、そのあまりの強さにたじろぐ。不安に高鳴る胸元をおさえながらたずねた。

「どうして…？」

「卑怯者だからさ。特に水腐病の特効薬を開発したやつらは最低だ。汚い、人間の屑《くず》だ」

強い憎しみを帯びた声に、ショアは思わず立ちすくんだ。自分が特効薬開発に関係していると知られたら、やはり卑怯者と言われるのだろうか。憎まれて嫌われてしまうのだろうか。――怖くて、とても聞けない。

「どうした、ショア？　嫌な話をしてごめんな。研究所のやつらのことになると理性が吹っ飛ぶんだ。すまない」

やさしく謝られて、しくりと胸が軋《きし》む。

どうせ聞かれても答えられないとはいえ、グレイの傍《そば》にいるために己の正体を隠さなければいけない事実は、ショアの心を重くした。

3 「羅針盤《らしんばん》」

「ショアの様子はどうだ?」

「重宝がられてますよ」

頼まれた計算表を探して資料庫で書類の山と格闘《かくとう》していると、入り口のあたりからグレイとタフタフの声が聞こえてきた。自分の話題が出たことに驚いて、ショアは思わず息をひそめて会話に聞き入った。

グレイはそれとなくショアの様子を聞いてまわっているらしい。タフタフが配置転換表に班員の稼働《かどう》状況を書き込みながら答える。

「最初はどうなることかと思いましたがね、どんな仕事を言いつけられてもはいはい素直に従うし、物覚えもいいし、丁寧だし」

「そうか」

「ものすごく基本的なことを知らないと思えば、誰も知らないような専門的なことには詳しいし」

「焜炉の使い方も知らなかったからなぁ」

「服のたたみ方も知りませんでしたね」

「最初はどこぞの劣悪《れつあく》な扶育院から逃げてきたのかと思ったが…」

「いえ、あれは働いたことのない手ですよ。どこかの箱入り息子じゃないんですか？」

「いや、出身は南の小島らしい。辺境の」

「研究所育ちってことは？」

タフタフの問いに、心臓がぎゅ…と縮む。

「止めてくれ、胸糞《むなくそ》悪い話をするのは。二十一にもなって『海の底なのにどうして太陽が見えるの？』なんてたずねる奴が、研究所員になれるわけないだろ」

否定してもらって、ショアはほっと息をついた。

「でも、浮世離《うきよばな》れした子ですよね」

「まあな」

「で、結局一緒に暮らしてるんですか」

「落ちつくまで…と思ったんだが、ひとりにするのは心配でな。頼りなくて放っておけないだろ」

「リーベックやアルベゾンがいそいそと世話を焼いてましたよ」

「待て待て、ちょっと待て」

「気持ちはわかりますがね。あんな細い身体で、絹《きぬ》みたいな髪をなびかせて小首を傾げられたら、何でもしてやりたくなりますよ」

「おいこら、ちょっと待て。ショアは俺の」

「班長にはライラさんがいるでしょう。この間も約束をすっぽかされたと、がっかりしてましたよ」

「あれは、仕事で…って、おい。タフタフおまえ、彼女と会ってるのか？」

「班長のことで何度か相談には乗ってます」

「…そうか」

「そろそろはっきりさせた方が、おたがいのためにいいんじゃないですか」

「わかってる」

グレイの溜息と同時に小さく扉の閉まる音がして、ふたつの足音は遠ざかっていった。

ショアはつめていた息をそっと吐き出した。

会話の内容に目眩《めまい》がしそうだ。

ライラさんとの関係をはっきりさせるというのは、結婚するという意味だろう。

「…っ」

──覚悟していたことだ。今さら泣くな。

漏《も》れそうになる嗚咽《おえつ》を飲み込むと、胸の奥で恐怖に変わった。ふたりともショアの正体について、やはり不審を抱いているらしい。

ショアは薄暗い資料庫の床に力なく崩れ落ち、たったひとりで悲しみをこらえた。

海底都市での暮らしがふた月ほど過ぎた頃、宿舎にショアを訪ねる人物が現れた。

「ヤンバースというご婦人ですよ」

買い物帰りのタフタフに教えられた瞬間、ショアはその場で固まった。自分を訪ねてくる人間がいるとしたら、研究所関係か、例の特別査察官しかいない。

真っ青になって黙り込んだショアの肩に手をかけて、グレイが気遣《きづか》わしげにたずねた。

「誰だ」

「知らない」

「やばい相手か？　俺が代わりに会おうか」

だめ、だめだ。万が一、相手の口から自分の正体がばれたら——。

「待って、自分で会う。グレイは来ないで」

思い直し、急いで階段を駆け下り宿舎の玄関を飛び出すと、五十絡《がら》みの女性が立っていた。

「四海平和評議会特別査察官レノ・ヤンバースです」

警戒《けいかい》するショアに向かって、彼女は丁寧に頭を下げた。

ショアとふたりきりになったレノは、前任者が乱暴なことをして申し訳ないと詫《わ》びたあと、簡単に事の経緯を説明しはじめた。

四海評議会はその名の通り、アストラン大陸の東西南北に発達した四つの海底都市から選出された代表者によって構成されている。

「その中で特別査察委員というのはアストラン研究所の監視機関ね。あそこは組織の性格上、きな臭いことが起こりやすいから」

「僕に聞かれても何も話せないし、あそこにいたことは誰にも知られたくないんです」

早口に告げると、レノはふっくらした頬に指先を当て、痛ましそうにショアを見つめた。

「ええ、分かっているわ。前任者は何か勘違いをしていたようね。あなたを研究所から保護したのは、純粋に非人道的行為を止めるためよ。エルリンク・クリシュナの不正を暴《あば》くのとは別の話」

あのまま研究所に軟禁され続けたら、生体実験の犠牲者として人々の好奇《こうき》の目にさらされるか、水腐病特効薬開発への献身者《けんしんしゃ》として——やはり好奇の目にさらされることになったでしょうから。そうレノは説明した。

「エリ…エルリンクの不正…って？」

「特効薬開発に関していろいろと。その件に関してあなたに協力してもらえたら、と思っていたのだけど」

「答えられません」

「ええ、そのようね。報告によると激しい拒絶反応を示したそうだけど、何か理由が？」

「……答えられません」

レノの両目に憐憫の光が宿る。

「委員会はショア・ランカームに対して最大限の便宜《べんぎ》をはかるという決定を下しました。本人に希望があれば最優先されます」

何か望みはあるかと訊《き》かれて、ショアは両手をにぎりしめた。


「――というわけで、彼には身寄りがありませんので私が後見人《こうけんにん》となります。何か困ったことがあれば連絡をしてください」

打ちあわせ通りの事情をレノが説明すると、グレイは組んでいた腕を解《と》いた。

「ヤンバースさん、ショアはここへ来たとき誰かに追われているようだった。犯罪に巻き込まれているということはないでしょうね」

うろたえるショアとは裏腹《うらはら》に、レノは落ちついて事情を説明した。

「そういったことはありません。故郷の火食島《フレア》からアストランに到着する直前で手違いが起こり、行方不明になっていただけです」

「このまま俺が預かっていていいのか？」

「ええ。本来なら我が家で世話をする予定でしたが、こちらで働くことは本人の強い希望ですから」

「グレイが迷惑じゃなければ、なんだけど」

勝手に自分の希望ばかりを訴えていたことに気づいたショアが、あわてて確認すると、グレイは「全然かまわない」と微笑んだ。

その夜。

ベッドで何度か寝返りを打ったあと、ショアは静かに身を起こし窓辺へ身を寄せた。

外は蒼い蒼い闇。見上げると半円状の燐光《りんこう》を放つ空に——空というのはおかしいかもしれない。ここは水深五十メートルの海底なのだから——ちらちらと白い光が星のように瞬《またた》きながら、たゆたっている。正体は、自ら発光体を持つ夜光魚たちだろうか。偏光処理《へんこうしょり》されたドームの外には圧倒的な質量を秘めた夜の海が広がり、夜行性の大型魚がゆっくりと天辺《てんぺん》を横切ってゆく。その影はまるで雲のようだった。

研究所の小さな庭と、高い塀に仕切られた四角い空を閃光《せんこう》のように飛び交い、去っていった鳥たちを思い出す。でも…。

「あそこには二度と帰らない」

寝室で静かな寝息を立てているグレイの横顔を見つめて心に誓う。

グレイはここに居ていいと言った。これからは、ここが僕の生きる場所になる。

強い決意とともに、ショアは淡い光がゆらめく蒼い夜を見上げた。

4　「波紋《はもん》」

「班長、なにぼーっとしてるんですか」

頬のすぐ横からにょきりと現れた浅黒い顔に覗き込まれ、グレイは手にした計画表を放り出しそうになった。

「うわっ。…なんだ、タフタフか」

「おや、ショアじゃないですか。なるほど、彼に見とれてたんですね」

タフタフはわざとらしく額に手のひらをかざし、切り羽で急結剤供給装置《きゅうけつざいきょうきゅうそうち》を点検修理しているショアたちを眺めた。作業を中断された採掘師たちがまわりをとり囲み、ああでもないこうでもないと助言をしている。ショアはすっかり彼らに慣れたようだ。生真面目《きまじめ》に返事をしながら、時々子供のように無邪気な笑顔を浮かべている。

がっちりとした体格の採掘師たちの中で、ショアのそよりとした細い身体は埋もれそうだ。とはいえ薄金色の髪と白い肌のせいで、別の意味で目立っている。

「なんだか岩竜魚《がんりゅうぎょ》の中に迷いこんだ蝶々魚《ちょうちょううお》みたいだよな…」

「――班長、それ誉《ほ》めてるんですか？」

「あたり前だろ」

タフタフは班長の言語センスに、処置なしと肩をすくめた。

「装置が直らないようなら、今日はもう上がりにしますか」

「そうだな」

グレイが現場全体を見回し、時間を確認しようと腕を持ち上げた瞬間『がぽん』と間《ま》の抜けた音が狭い坑内に響いた。続いて班員たちの叫び声と水音。掘削壁《くっさくへき》を固定するための急結剤供給装置のポンプが外れて、辺りに白い凝固剤が降りそそぐ。

「全員退避《ぜんいんたいひ》！　第二坑道《こうどう》は一次閉鎖。タフタフ、班員を洗浄室へ」

グレイは指示を飛ばしながら、呆然と機械にしがみついているショアの元へ走った。

「急げ！　凝固剤が乾くと厄介だ」

白い薬剤を全身にあびたショアは、乾燥して固まる前に驚きで硬直していた。

「ショア、こっちだ」

状況を確認して一番最後に現場を出たグレイに抱き抱《かか》えられ、洗浄室へ運び込まれた。

「早く服を脱ぐんだ」

言葉よりも早く作業服を脱ぎ捨てたグレイの裸体から目をそらし、ショアは首をふる。

「僕は…みんなのあとでいい」

「ばか！　ぐずぐずして服ごと固まったら、電ノコで切断する羽目になるんだぞ」

皮を剥《は》ぐことになってもいいのかと脅《おど》されても、裸を見られるのは嫌だ。逃げ場を探してじりじり後退《あとじさ》ると、グレイが大股に近づいてきた。

「急げ！」

「や…、だめ」

とっさにふりまわした腕を引き寄せられる。

「何をしのごの駄々《だだ》をこねてるんだ。男同士で恥ずかしいもへったくれもないだろ」

「待って、グレイ。待って」

「だから待ってたら固まっちまうんだ」

有無を言わさず抵抗をねじ伏せられ、上着に手をかけられて涙が出そうになる。

「いや…だっ」

「何を嫌がって…――」

グレイのなだめ声が途中で消えた。

「な、んだ…これ」

――見られた。

ショアは気まずい沈黙と視線を断ち切るように背を向け、釦《ボタン》が飛ぶほど強引に引き剥がされた上着を必死にかきあわせてしゃがみ込んだ。はだけた上着の合間から覗いているのは、不健康な白い肌。

そして、無数に散らばる傷痕。

薬剤をあびて身体が冷えたせいで赤味を帯びた地肌に、数え切れないほどの傷痕が白く浮かび上がっている。

「——無理強《むりじ》いして…悪かった。とにかく、身体を洗おう。他の連中には見られないようにしてやるから」

ばつの悪そうな謝罪とともに肩を抱き寄せられ、これ以上抵抗してもしかたないとあきらめた。うなだれたまま、残りの服を脱がせるグレイに身を委《ゆだ》ねる。

大きな浴布《タオル》で全身を包まれ、半透明の扉つき上師用洗浄《じょうしようせんじょう》スペースに導かれた。ふたりで立つと密着状態に近くなるが、触れあう肌が恥ずかしいと思う余裕はない。

グレイを見なければ、彼も自分を見ないでくれるかもしれない。そんな思いでショアはうつむき、床に流れ落ちる凝固剤混じりの白い水流《すいりゅう》をじっと見つめ続けた。

冷えた身体が温まった頃、髪と項にグレイの指先がからみつくのを感じて羞恥心が戻ってくる。少しでもグレイから遠ざかろうとしたとたん、肩と腰に腕がまわされた。

「逃げるな。ちゃんと落とさないと丸坊主にしなきゃならなくなるぞ」

「じ、自分でできるから…」

逃げようと身をよじればよじるほど、グレイの素肌を生々しく感じる。たがいを隔《へだ》てるのは流れ落ちる温水だけ。うつむいた視線の先に白くて頼りない自分の足がある。そしてつま先が触れあう位置に、グレイのがっしりと逞《たくま》しい褐色の足。

指から甲《こう》、ごつごつしたくるぶしから筋肉がきれいに張りつめた脛《すね》、引きしまった腿《もも》。流れ落ちる湯水を弾き返す鍛《きた》えられた下腹部、髪よりも濃い濃灰色《のうかいしょく》の茂みと、そこに息づく重量感のあるグレイ自身を目にしたとたん、体の芯《しん》に熱が生まれる。

「グレイ、手を…」

髪を洗い、薬剤を落とすために全身を撫でてゆくグレイの手のひらが、何か別の意図を含んでいる錯覚に陥《おちい》り、ショアは懇願した。

「手を、離して」

まるで愛撫《あいぶ》のようだと勘違いする前に、その手を止めて。

「いやだ」

かすれ声で否定され、思わず息をのむ。

「どうして」

「おまえにもっと触れたい」

とっさに見上げた視線が碧《あお》い瞳に捕まる。

「あ…――」

無数の傷痕が散る胸元に、グレイの指先が近づく。そっと、壊《こわ》れ物に触れるように傷のひとつを撫でられ、爪の先で小さな胸の突起《とっき》を引っかかれた瞬間、小波《さざなみ》のような痺《しび》れが生まれた。下半身から力が抜けて、不埒《ふらち》な腕にすがりついてしまう。

喘ぎながらまぶたを閉じた隙《すき》に腰を抱き寄せられ、たがいの熱が触れあった。

「い…、だ」

いやだ、だめだと、うわごとのようにつぶやきかけた唇に、降りそそぐ温水よりも熱い唇が重ねられる。

「……ぅ」

見開いた視界のすみ、半透明の扉の向こうを横切る班員の影が映った。

だめ。どうしてこんな所で。なぜキスを…。だってグレイには恋人がいる——。

混乱と期待と悲しみが渦巻く。渾身《こんしん》の力をこめて男を突き放してから、ショアは叫んだ。

「…のに。こ、恋人がいるのに、どうして」

「恋人?」

「ライラさんて、女の人が」

抱きしめる形で固まっていた腕を下ろし、グレイは「ああ」とつぶやいた。

「彼女とは、別れたよ」

「え…」

「なんだ、それを気にしてたのか」

呆然と見上げるショアの頬に張りついた髪をそっと梳《す》き上げ、グレイは「のぼせそうだな」とやさしく微笑んだ。

凝固剤まみれの現場と機材に始末をつけ、部屋に戻ったのはかなり遅い時間だった。

「疲れたから先に休みます」

傷のことを話題に出される前に、ショアは素早く寝室へ逃げ込んだ。狭いけれど寝心地のいいベッドにもぐりこみ、頭から毛布をかぶる。温かな闇の中で息をひそめていると、グレイの足音が近づいてきた。

「ショア」

やさしい声とともに毛布をちらりとめくられ、闇の中に淡い光が差し込む。居間の灯《あか》りが逆光《ぎゃっこう》になり、グレイの表情は見えない。

「グレイ、僕は」

嘘で塗り固めた言いわけを口にする前に、男の唇にさえぎられた。項を支えられ、わななく指先をにぎりしめられ、息継ぐ間もなく舌が捕まり嬲《なぶ》られる。

「…あ」

いつの間にか上掛けをとり払われ、代わりに逞しい身体に包み込まれていた。

「グレイ、僕を嫌わないで…」

唇がわずかに離れた隙に懇願した舌先を軽く噛まれる。こらえきれず仰《の》け反《ぞ》った胸にひやりと夜気《やき》を感じて、血の気が引いた。

「見ない…で」

「大丈夫だ」

なだめるよう抱きしめられ、グレイの手のひらに何度も背中を撫《な》で下ろされる。やさしい慰撫《いぶ》をくり返されるうちに、疲れと安堵《あんど》でとろりとまぶたが下がる。まるでそれを見計《みはか》らったように、グレイがささやいた。

「傷痕のことを、聞いてもいいか」

「…それは」

胸に迷いが生まれる。

やさしく温かいこの人に、何もかも話してしまいたい。全てを告げて許されたい。受《う》け容《い》れて、愛して欲しい。

薄闇に白く浮かび上がる自分の胸を見つめながら、唇が何度も震える。

「この傷は…」

研究所の白い壁。生体採取のたびに身体にめりこむ鋼《はがね》の刃先。痛みをなだめようとするエルリンクのひんやりとした手のひら。視界を覆《おお》う冷たい指先が、喉元に伸びて――。

「…っ、あ…ぁ――」

頭のすみで何かが破裂《はれつ》したような気がした。相次いで押しつぶされるような痛みと、喉《のど》に泥がつまったような息苦しさに襲われる。

「…ッ、……ぅッ」

「ショア…!?」

焦るグレイの声が遠のいてゆく。

やはりダメなのだ。この秘密はひとりで抱えていくしかない。とうに覚悟していたその事実がとても不吉で心許《こころもと》なく思える。

「…ア、ショア」

まぶたを上げるとグレイが心配そうに覗き込んでいた。少しの間気を失っていたらしい。

「持病があるのか？　医師を呼ぼうか」

答えを待たずに抱き上げられそうになり、あわてて首をふる。

「……ま」

「何？」

「頭が…痛い、だけだ…から」

「頭？　薬は」

もう一度力なく首を横にふる。

「い、らない。いつものことだから…心配しなくても、大丈夫」

弱々しくかすれた返事はまるで説得力がない。それでも医師に見られるのはいやだ。

どこにも行かないでと袖《そで》にしがみつくと、グレイはショアの身体をベッドに戻した。

「本当に診《み》てもらわなくていいのか」

「うん。原因はわかってるから。…ごめんなさい、迷惑かけて」

「気にするな。それよりひと眠りした方がいい。今日はいろいろあったから疲れただろ」

「ん…」

　両目をグレイの温かな手のひらで覆われ、ショアは素直に目を閉じた。


　すぐに浅い寝息を立てはじめたショアを見下ろし、グレイは脂汗《あぶらあせ》の浮いた額に指先を伸ばした。そっとぬぐってやると、きつく寄せられていた眉根《まゆね》が和らいで、歳よりずっと幼い表情が表れる。それが痛々しい。

　迷惑だとは思わないが心配ではある。結局、傷痕のことも聞けずじまいになった。

　枕元に置いた腕にショアの指先が触れてきた。白く細い五本の指は、夢の中ですがるものを求めている。「ここにいる」とささやいて、冷えた指をにぎってやると子供みたいな寝顔に安堵《あんど》の色が広がった。

　薄く開いた唇にそっと唇接けを落としてから、グレイは罪悪感を感じつつ、ゆっくり上着の釦を外していった。

　やはり、ひとつひとつの傷痕はささいなものだ。けれど数が尋常《じんじょう》ではない。

　胸や腕、腹部、脇から背中一面。腿の表と裏から足首に至るまで。細かな傷は性器の回りや性器自体にまで及《およ》んでいた。額の生《は》え際《ぎわ》を梳き上げると、こめかみや耳の後ろにもいくつか見つかった。

「何なんだ、これは…」

グレイの胸に得体の知れない恐怖と怒りが湧き上がる。一体なぜ、いつ、誰にこんな傷をつけられたのか。凝視《ぎょうし》する先で、薄金色の髪が苦しそうに寝返りを打った。

「ん…、いや」

乾いた唇からこぼれるかすかな寝言。同時に手の中の細い指先が緊張する。なだめようと額に触れたグレイの手を嫌がり、かすかに首をふりながら、

「……いや、エリ…ィ」

他人の名をつぶやかれてぎょっとした。

誰だ、それは。

「エ…リィ、やめ…」

夢の中で拒絶されているのは『エリィ』という人物らしい。声には呼び慣れた響きが潜《ひそ》んでいる…ように感じる。

「ショア、大丈夫だ。俺がついてる」

手をにぎりしめてやるとショアは震えながら大きく息を吸い込んだ。それからほっとしたような泣き笑いの表情で、もう一度「エリィ」とつぶやき、浅い寝息を立てはじめた。

身体中に残る無数の傷痕。眠りの中から苦しそうに呼びかける名前。

グレイは湧き上がる疑問と不安を、白い寝顔に向けた。

「おまえ、いったい何を背負《せお》ってるんだ」


数日後の休養日。

「西海都市に連れてってやる」

身体の傷痕を知られて以来、塞《ふさ》ぎがちになったショアをグレイは気遣ってくれる。

特別査察官を怖れて外出を控える必要はなくなったので、ショアは素直に誘いを受けた。

ドーム内の移動手段は基本的に二輪車《アウリーガ》か徒歩である。北海採掘基地と西海都市を繋ぐ長いトンネルを抜け、白い石造りの居住区を通り過ぎ、浅瀬に近いひときわ大きなドームでアウリーガを降りた。

巨大なドーム全体には緑があふれている。白い石畳《いしだたみ》の両脇にこんもり茂った街路樹《がいろじゅ》の葉が風にそよぎ、小鳥が歌い、咲きこぼれる色とりどりの花の間を蝶が舞う。

緑地化のままならない地上とは比べものにならない豊かな緑。

「ここが、西海都市の誇る中央公園」

海底に作られたドームの中だと思い出すのは、地上より濃い青空を見上げるときだけ。

偏光処理をほどこされた透明壁を通して、波紋と魚影《ぎょえい》が雲のようにたゆたっている。

「ここで待ってな。昼飯を買ってくる」

涼しげな木陰のベンチにショアを座らせたグレイは、近くの丘を駆け上がって行った。ゆるやかな隆起《りゅうき》の頂上に、色鮮やかな屋台のテントが見える。あっという間に小さくなったグレイに手をふり、ほっと息をつく。

ここ数日、体調があまりよくない。

理由はわかっている。例の発作のせいだ。研究所の話題さえ避ければ大丈夫だとわかっていても、重くのしかかる不安は消えない。

無意識に頭の手術痕をさぐった瞬間、懐《なつ》かしさと忌まわしさを含んだかすかな香りに鼻《び》腔《こう》を刺激される。不穏《ふおん》な気配に顔を上げると、まぶしい光の中に白いコートを隙なく着こなした背の高い男が立っていた。

「ショア、迎えに来た」

「——エ…リィ……?」

嘘だ。まさか、そんな。

呆然とした声に答えてエルリンク・クリシュナが近づいてくる。銀細工のような髪と、細い銀縁《ぎんぶち》の眼鏡がきらりと陽《ひ》を弾《はじ》く。レンズの奥で輝く神経質そうな双眸《そうぼう》は、最後に見たときと変わらない冷ややかさを宿していた。

「迎えに来た。一緒に帰るんだ」

「い、嫌…ッ」

差し出された両手を強くふり払い押し返す。

突然の再会に対する驚愕《きょうがく》は、すぐに全身の血が沸《わ》き立つような怒りに変わった。

「——嫌だ。今さら、何しに来たんだ！」

震える声で叫んだ瞬間、ショアの災難に気づいたグレイの叫び声が遠くから響く。

「おい、おまえ！　何やってるッ」

エルリンクは走ってくるグレイをにらみつけ、あからさまな舌打ちの表情を見せた。

「ショア、早く来なさい」

苛《いら》ついた声で叱咤《しった》され手首をつかまれる。両手と腰を捕らえられ引きずられそうになった瞬間、駆け戻ってきたグレイの恫喝《どうかつ》と袋に入った食べ物がエルリンクの背中で弾けた。

「止めろ！　嫌がってるだろうが」

真白いコートに果汁やソースが飛び散る。

「…レイ、……グレイ、助けて…ッ」

息も絶《た》え絶《だ》えなショアの叫びにエルリンクは顔をしかめた。グレイをにらみつける忌々《いまいま》しそうな表情はショアがはじめて見るものだ。

「——君のためを思って言っているんだ」

身勝手な男の言葉に激しく首をふる。

「いや、嫌だ！　絶対行かない」

「その手を離せッ！」

再び、先刻《せんこく》より勢いよくエルリンクの身体に袋がぶつけられた。飲み物が飛び散り、白いコートは血をあびたような有り様になる。

駆けつけたグレイが捕《つか》みかかる寸前、エルリンクは素早く身をひるがえし、走り去った。

『必ず連れ戻す』という、悪夢のような言葉を残して。

「ショア、大丈夫か？」

エルリンクを追いかけようとして、石畳に崩れ落ちたショアに気づき、駆け戻ってきてくれたグレイの胸に顔を埋める。懸命にしがみつく両手の震えが止まらない。歯の根があわないほど震える身体を抱きよせられ、何度も背中を撫で下ろされて涙がにじむ。

震えが治まり息を大きく吸い込めるようになってから、ようやくグレイが口を開いた。

「誰なんだ、さっきの男」

聞かれたとたん吐き気に近い悪寒《おかん》が背筋を這《は》い登り、ショアは再び身体を強張《こわば》らせた。

「知りあい…だよな？」

「――…僕を、育ててくれた人…」

しぼり出すようにそれだけ答える。

「おまえをいらないって言った？」

小さくうなずくと、グレイは鋭《するど》く息をのみ込んだ。

「まさかおまえの傷、あいつにやられたんじゃないだろうな」

ビクリとゆれた肩が言葉より雄弁《ゆうべん》に肯定してしまう。もう誤魔化しようがない。

「くそったれ！　冗談じゃない」

グレイは音がするほど拳を強くにぎりしめ、ここにはいないエルリンクを罵倒《ばとう》した。

「ショア、あいつの名前と居場所を教えるんだ。司法庁に訴えれば処罰してもらえる」

「だめ…、できない。だめなんだ」

「なぜ？　口止めされてるのか？」

それ以上聞かないで欲しい。頭部に鈍い痛みが広がる。発作の前兆《ぜんちょう》だ。

「グレイ。僕は…、…く…ぅ」

助けてと訴えかけ、代わりに呻《うめ》きがこぼれた。両目を閉じ身体を丸めて苦痛に耐える。

「ショア？　ショア！　どうした」

どれほど聞かれても答えられない。ショアは身を固くして、次に来る痛みの波に備《そな》えた。

公園での発作が治まったあと、施療院に連れて行こうとするグレイをなだめて部屋まで連れ帰ってもらうのが一苦労だった。海底都市の医療水準は研究所を大きく下回るとはいえ、身体の傷と頭部を調べられ、何か気づかれるのは困るのだ。

ひとりになるとショアは鏡の前で胸をはだけてみた。この傷がついた理由、そして過去を封《ふう》じられた意味を考える。

研究所で、エリィの傍で、世間知らずに育てられ利用されていたときには気づかなかった彼らの思惑が、今なら解《わか》る気がする。

特効薬が、地上の住人だけに優先して配られた疑いがあるというロアンの言葉。

不正があったというレノの告発《こくはつ》。

そしてショアが研究所にいたとき耳にした名前と会話。くり返された生体採取。

『迎えにきた』

公園でエリィは確かにそう言った。その意味を考えると震えが走る。

「冗談じゃない、…今さら」

まだ何か利用するつもりなのか。必要ないと言ったくせに。不要な存在だと。一年半も放っておいて、挙げ句の果てに――。

「……痛ッ」

研究所で最後に受けた非道な仕打ちを思い出しただけで、左前頭部に痛みが走る。

それが本当の痛みなのか、それとも激しい嫌悪のせいなのか判然《はんぜん》としない。確かなのは、自分がエリィに対して激しい拒絶反応を起こしているということだけ。

「これ以上僕になんの用があるんだ…」

――エルリンク・クリシュナ。

エリィの正式名をつぶやくと、辛《つら》かった過去に引き戻される。

白い部屋、小さな箱庭《はこにわ》。白衣の研究員たち。

ショアは目を閉じて、うち寄せる記憶の波に抗《あらが》いながら眠りに落ちた。


二年前まで、ショアはこの世で誰よりも希少価値のある人間だった。

その存在はアストラン研究所によって厳重に秘匿《ひとく》され、外界から遮断《しゃだん》された深窓《しんそう》で大切に育てられていた。

特別待遇の理由は、水腐病に対する完璧な抗体保持者だから。しかもたったひとりの。

生きながら体液が腐敗し、臓器が溶《と》け崩《くず》れるため『水腐病』と名付けられたこの疫病《えきびょう》は、死の直前に強烈《きょうれつ》な伝染力を生ずる。治療法のない病は多くの悲劇を生み、特効薬の開発は全人類の悲願《ひがん》であった。

人々の切《せつ》なる願いを遂《つい》に達成したのが、アストラン研究所第三研究室長のエルリンク・クリシュナである。試薬《しやく》の段階を経て大量生産が可能になったとき、エルリンクは気力も野心も充実した三十五歳。

特効薬の開発責任者として脚光をあびた彼は、研究所所長就任を視野に入れた対外交渉や人脈作りで多忙を極め、対照的に、ショアはさみしく虚《むな》しい日々を送るようになった。

十五年前、水腐病で全滅した故郷の島から救出されて以来、ショアは誰よりもエルリンクを慕《した》い頼りにしてきた。エルリンクもショアを宝物のように扱い、あふれんばかりの愛情を注いでくれた。──それを愛だと信じていたのだ。特効薬開発に成功するまでは。

十五年間続いた彼との関係を、何と呼べばいいのだろう。

最初は保護者と子供。やがてそこに肉体関係が生じたとき、ショアが最初に感じたのは戸惑《とまど》い。やがて喜び。

平均より遅くに芽生えた性欲を、育ての親ともいうべきエルリンクの長く形の良い指で慰められ導かれ、はじめて射精《しゃせい》したとき、ショアは泣きながら彼にしがみついて喘いだ。

『エリィ…、好き』

誰よりも近くで長い時を共有してきた、銀細工のようなエルリンクの髪を両手でかきまぜながら、身体ごと愛される喜びに泣いた。特殊な環境で育まれた情念《じょうねん》は、家族とも恋人ともちがう、どこかいびつで盲目的《もうもくてき》な愛と緊張感をはらんではいたけれど。

怖いけれど嬉しかった。

はじめての性交の一部始終をデータとして記録され、体液まで採取されたと知ったときはさすがに呆然としたが、結局は受け容れた。

例え実験の一環《いっかん》として抱かれたのだとしても、そこには愛情があると信じていたから。特効薬が完成して多忙になったエルリンクから放置され、他の所員からも顧《かえり》みられなくなって、ようやく自分が本当に実験体としてのみ必要とされていたのだと自覚しはじめた。抗体保持者としての価値がなくなったにも関わらず、研究所での軟禁生活は続いた。特効薬開発のために続けられた生体実験の全容が、外部に漏《も》れることを怖れたためだ。身勝手な研究所の思惑に気づけないまま、ショアはひたすらエルリンクを信じ続けた。エリィが会いに来てくれないのは忙しいから。もう少し落ち着けば、きっとまた以前のように自分と過ごしてくれるはず、と。

打ち捨てられたまま一年半の時が過ぎ、指の間から水がこぼれ落ちるようにエリィへの信頼が消えようとしていた。

そして最後の希望が潰《つい》えた、あの日。ショアは研究所所長に呼び出された。

「よく来たね」

入室を促した所長の手は厚ぼったく、肥《こ》えた胴回《どうまわ》りはショアの三倍もあった。はじめて足を踏み入れた所長の居室は、本の中で見た洪水前の王宮のようだった。繊細《せんさい》な彫刻が施《ほどこ》された机や書棚が、飴色《あめいろ》に輝いている。窓辺を飾るのは光沢を放つ絹の緞帳《どんちょう》。ところ狭しと並べられた銀器や金細工。

「君の、今後の身のふり方を相談しようと思ってね」

所長は重厚な執務机《しつむつくえ》に肘をつき、もったいぶったしぐさで太い指を組んで見せた。

「身のふり方…?」

ショアが問い返すと同時に、所長の手元でチリリ…と小さく呼び出し音が響いた。

「何だね。ああ、君か。二分待ちたまえ」

所長は受話器を置いてショアを手招いた。

「厄介《やっかい》な客人が訪ねてくる。隣の部屋に身を隠すんだ。ああ、その棚の影がいい」

成り行きに戸惑いながら、言われた通り、隣室の飾り棚の影に身をひそめた。その直後、聞き慣れた足音と声が近づいてきた。

「ショアのことでお話があるそうですが」

少しかすれたエリィの声が執務机の前で立ち止まる。久しぶりに聞くそれは、懐かしさよりも不安をかき立てた。

「まあ掛けたまえ。どうやら評議会の特別査察委員が彼の存在を嗅《か》ぎつけたようだ」

「なんですって…!」

「所員の何名かが事情聴取を受けた。私の元にも正式な調査依頼が来ている。このまま実験の内容が明るみに出れば、責任者である我々の地位が危ない」

「あの子の存在はごく少数の者しか知らないはずです。それが漏れたとなると、誰か…」

「特効薬開発に成功したあと、彼の扱いがずさんになったせいではないかね? 所内ではなく、どこか別の施設にさっさと移していればこんな騒ぎには」

「しかし私の目の届かない場所へやるわけにはいかない。あの子はいろいろと、…そう、多くのことを見聞きしすぎている」

「それは単なる言いわけで、本当は彼を手放したくないだけなんじゃないかね」

「まさか」

粘度の高い所長の言葉をエリィは鼻で笑い、きっぱりと否定した。

「あの子は、もう完全に用済みの存在です」

その言葉を聞いた瞬間、全身から血の気が引いた。つま先から砂に変わってゆくように感覚が消え失せる。

——嘘だ。エリィがそんなこと言うはずない。僕のこと…いらないなんて……。

両手をにぎりしめ懸命に否定するショアの耳に、さらに無慈悲《むじひ》な言葉がすべり込む。

「特効薬の量産体制も軌道に乗った今、あの子の存在価値は皆無です。評議会に目をつけられたとなると、むしろ邪魔かもしれない」

価値がない。用済み。邪魔だ。

人が人に対して使う言葉ではない。

それがエリィの口から放たれた。十五年も育てたショアに向かって。

信じられなかった。所長と示しあわせて、何か悪い冗談を言いあってるのだと思った。

嘘だ、嘘だ。エリィは嘘を言ってる。

懸命に否定するショアの耳に、所長の声がねっとりとからみつく。

「それはまた、ずいぶんとわり切った物言いだね。彼を誰よりも『可愛がっていた』君の口からそんな薄情な言葉を聞くとは思わなかったよ。クリシュナ開発室長。――いや、次期所長と呼ぶべきかな?」

嫌味たらしいその物言いを聞いていると、わざわざショアを部屋に招き入れ、すぐそのあとにエリィが訪《たず》ねてきたのも、彼から身を隠すよう指示されたのも、まるでこの会話を聞かせるためだったのかと思えてくる。

「まだ正式な通達は受けていませんので室長で結構です。サンミル所長」

粘度の高い所長の声とは対照的に、エリィの返事は冷ややかだ。

――肩書きなんかよりさっきの言葉を否定して…。お願いだから嘘だと言って。

感覚を失った両手を強くにぎりしめ、ショアは懸命に祈った。

――エリィ、僕を捨てないで。

「四海平和評議会のうるさ方に生体実験の事実を暴かれる前に、あの子はどこか…、遠い場所へ避難《ひなん》させた方がいいですね」

「親代わりに十五年も世話をしてきたんだ。あれほどなつかれて慕われれば情も湧いたことだろう。君も一緒について行くかね?」

「まさか。私にはまだまだ結果を出さねばならない研究が残っている。たかが実験体ひとりのために放り出すことは考えられません」

小さな失笑と冷徹な言葉が、物理的な衝撃となってショアの胸をえぐり貫《つらぬ》いた。

——うまく、息ができない。

ショアは飾り棚の影で浅い呼吸をくり返した。胸と喉が潰れたように痛み、いくら息を吸おうとしてもうまくいかない。

このまま息が止まって、心臓も止まってしまえばいい。本気でそう思った。一番愛して信じた人から邪魔だと言われるくらいなら、今この瞬間に消え果ててしまいたい。

こぼれそうになる嗚咽は手のひらで押し殺せても、涙は止まらない。口元を覆う指先が、体温と同じ雫《しずく》で濡れてゆく。

「早急に具体的な対策を練《ね》る必要があるな」

「所員に箝口令《かんこうれい》を徹底させましょう」

感情の見えない言葉を残してエルリンクが出て行くと、ショアは嘘くさい同情を寄せる所長の猫撫《ねこな》で声をふりきって部屋を飛び出し、気がつけば自室に立ちつくしていた。

心に受けた強い衝撃のせいで皮膚感覚が鈍磨《どんま》している。頬を撫でても自分の身体に触れているという感覚が持てなかった。エリィから己の全存在を否定され、心のどこかが壊死《えし》すると同時に身体機能も壊れたのかもしれない。

ショアは壁一面に貼《は》っていたエリィとの写真を、一枚一枚細かくちぎって捨てた。白衣の肩に乗り、青空に手を伸ばしている幼い自分。無邪気に笑い、エリィを信じきっていた少年はもういない。

思い出で彩《いろど》られていた壁は、ただの白い平面に戻った。大切にしていたエルリンクからの贈り物の数々も、引き裂いて庭で燃やす。

煙に驚いてようすを見にきた所員は、火事ではないと確認すると呆気なく去って行った。白く虚《うつ》ろな部屋の中で、ショアは羽根をもがれた鳥のようにうなだれ、抱え込んだ両ひざに温もりを求めて頬を埋《うず》めた。

伸び放題になっている髪は、もうずいぶんと長い間誰にも撫でてもらっていない。艶《つや》を無くした髪の合間から、ぼんやりと小さな映像再生機を眺めると、教材用だという記録盤《ディスク》が何巡目かの再生をはじめた。

『——今日は子供にも大人にも、そして女性にも大人気の採掘師を紹介しよう』

声に惹《ひ》かれて顔をあげると、画面の中から紺碧《こんぺき》の海を背にした青年が、強い陽射しに負けないくらい明るく爽やかな笑顔で語りかけてくる。もう何度もくり返して観たにもかかわらず、ショアは彼の姿を見ると思わず微笑み返してしまう。

小さな画面のなかで、青年が銀灰色の頭髪をひとふりすると、水粒《みなつぶ》がきらめきながら飛び散った。褐色に焼けた肌に落ちた雫のいくつかは陽を弾きながら、男の逞しい肩から胸、そして腹部へ流れて消える。

『――貝殻鉱石の採掘は、おもに大陸北部の沿岸からはじまるんだ。我々の仕事は…』

少し息を乱しながら、それでも誇らしそうに仕事の説明をはじめる青年の姿を見るたび、ショアの胸はなぜか熱くなる。

濃い蒼色の海底から波紋《はもん》きらめく海上へ。そして大陸北部の鉱石製錬所へ場面転換したところでショアは映像を止め、一度も会ったことのない男の名をつぶやいてみた。

「オルソン・グレイ…」

空っぽの部屋の中、ショアの呼び声に応えてくれる人などもちろんいない。

「グレイ、僕を……助けて」

一面識もない、本当に生きている人なのかもわからない映像に向かって救いを求めた。

ショアにはもう、他にすがれる人が誰もいなかったから。

孤独と絶望の日々。ショアの苦しみはそれだけでは終わらなかった。

所長室で酷《ひど》い言葉を聞いてから数日後。

「ついて来なさい。大切な用がある」

何事もなかったような顔で現れたエルリンクが、手招いて踵《きびす》を返した。それだけでショアが素直に従うと信じているのだ。所長との会話を聞く前なら、呼ばれる前に駆け寄って抱きついていた。けれど今はもう彼の言葉を聞くつもりはない。

「ショア?」

「行かない」

「ふざけている暇《ひま》はない。早く来なさい」

数歩離れた場所から苛立ちを含んだ声に促され、きっぱり拒絶する。

「嫌だ。行かない」

エルリンクは無言でショアに近づき、有無を言わせぬ強い力で腕をつかんだ。

「来るんだ」

「や…っ、イヤだ、離せ! エリィの言うことなんか聞かない! どこにも行かない」

ベッドにしがみつき、扉にしがみつき、床に爪を立てて抵抗した。

エルリンクは泣いて嫌がるショアを引きずるようにして、容赦《ようしゃ》なく実験室へ運び込んだ。

処置台に抑えつけられ、四肢《しし》を拘束され、麻酔をかけられる。急速に遠のいてゆくエルリンクの銀色の髪と冷たい視線をにらみつけながら、ショアは心に誓った。

もう二度と彼を信じたりするものか、と。


麻酔から覚めると自室のベッドの上だった。まばたきをくり返しても視界はぼやけたままだ。頭が重くて痛い。

ひどい違和感を感じて額に手を伸ばすと、包帯の感触が不吉に伝わる。

「な…に、これ？」

「痛みはすぐに消える」

驚いて視線を向けると、白衣の長身と銀髪がぼんやりと映った。

「エリ…ィ」

「施術《せじゅつ》の理由を手短に説明をしておこう」

声を聞いたとたん心の拒絶反応が態度に表れた。痛みをこらえて背を向け、耳をふさぐ。

「よく覚えておかないと要《い》らぬ苦痛を被《こうむ》ることになる。ふてくされてないで聞きなさい」

両手を無理やり引き剥がされ、肩を乱暴につかまれた。まだよく見えない瞳で思いきりにらみつけるショアの怒りなど意に介する風もなく、エルリンクは説明を続けた。

「君の身柄は遠からず、四海平和評議会の特別査察委員に保護される」

「査察…委員？」

耳慣れない単語をショアが聞き返すと、エルリンクは忌々しそうに吐き捨てた。

「我々の研究を監視している機関だ」

「保護…。僕は、ここを出て行けるの？」

「そうだ。査察官の要求を受け容れる代わり、機密保持のために、君の頭部に特殊なインプラントチップを施《ほどこ》した」

事後《じご》承諾《しょうだく》で申しわけないが。そう断りを入れた彼の声は、少しも申しわけなさそうではなかった。

「チップは特定の『思考』と『意志』の組みあわせに反応する。思考とは水腐病特効薬の開発についてだ。意志はそれを他者に伝えようとすること。このふたつが連動すると、チップは君に激烈な痛みを与え、一時的に身体機能を麻痺させる」

「痛み…、麻痺……？」

淡々と告げられた言葉の意味を理解して、全身に怒りと悲しみが渦巻いた。

「そんな、ひど…い」

きちんと理由を教えられ、だから誰にも喋らないでくれと頼まれれば、ショアはエリィとのことや研究所で受けた扱いを、誰かにべらべら喋ろうとは思わなかったはずだ。

それなのに有無を言わさず、頭の中にわけのわからぬものを埋め込み、ショアの自由意志を踏みにじってから言動に注意しろと言う。

人として扱われていない。

それが、エルリンクの冷たさと身勝手さを嫌と言うほど思い知った瞬間だった。

左前頭部の小さな傷痕が癒《い》えた頃、エルリンクの言葉通り、四海評議会の特別査察官と名乗る人間がショアの前に現れた。

身体検査が行われ、立ち会い人から深い同情を寄せられたが、事情聴取はショアの沈黙によってはかどらなかった。業《ごう》を煮《に》やした調査官の強引な尋問を受けてショアはひどい頭痛と吐き気を催《もよお》し、逃亡を決意したのである。

海底都市へ。

オルソン・グレイの元へ――。


眠れずにベッドを抜け出し、居間の窓辺で深い夜を眺めたあと、ショアはふと目に止まった棚に手を伸ばした。本を取り出した拍子《ひょうし》にひらりと紙片《しへん》が舞い落ちる。

取り上げて小さな常夜灯の下で眺めると、きれいな海の写真だった。グレイの瞳とよく似た明るい碧色の海。水自体が光を発しているようなまぶしい世界。記憶の彼方にある、生まれ故郷のかすかな残像がよみがえる。

「それ、気に入ったならやるぞ」

「え…」

低い声にふり向くと、寝室の扉にもたれたグレイが少し気怠《けだる》げに髪をかき上げていた。

さっきまで隣のベッドで眠っていたのに、自分のせいで起こしてしまったのだろうか。

「ごめんなさい」

ここ数日迷惑ばかりかけているのに、さらに眠りまで邪魔した申し訳なさにショアがうなだれると、グレイは表情をやわらげて近づいてきた。

銀灰色の頭がショアの手の中を覗き込む。

「南洋調査隊にいた友人からもらったのだ」

きれいだろうと言いながら、グレイはショアの手のひらに印画紙《いんがし》を戻した。

「……いいの？」

「遠慮するな」

言葉の底には別の意味が沈んでいる。

『悩みがあるなら俺に打ち明けてくれ』

たぶんグレイはそう思ってる。

身体中に無数の傷痕を持ち、過去をたずねられると発作を起こす。怪しげな人物が迎えに現れ、誘拐まがいに連れ去ろうとする。そしてその理由を問えばやはり発作が起きる。ショアの身に起きる不可解な現象をグレイがどれほど心配しているか、気遣ってくれているか、わかっているのに。

そっと肩を抱き寄せられ、窓辺のソファへ導かれる。そうしたしぐさの端々《はしばし》にグレイのやさしさが伝わってきて切ない。

そのまま温かな胸に顔を埋めて、ショアはもう一度「ごめんなさい」と小さくつぶやく。

――心配かけて、迷惑かけて、本当のこと……何も言えなくてごめんなさい。

5 「砕け波」

エルリンク・クリシュナは焦っていた。

簡単に連れ戻せると踏んでいたショア・ランカームに、どうやっても近づけないからだ。

「オルソン・グレイめ」

忌々しい採掘師に邪魔されたせいで、計画は大幅に狂ってしまった。本当なら今頃はショアを研究所に連れ帰り、頭部のインプラントチップも摘出《てきしゅつ》済みのはずだったのに。

その後はショアが望めばまた一緒に暮らしてもいいと考えていた。

前所長の前では弱点にならないようショアを不要品扱いしてきたが、エルリンクとて鬼ではない。十五年間利用してきた子供に対して多少の憐憫《れんびん》は感じている。

熾烈《しれつ》で陰湿《いんしつ》な争いを勝ち抜き、晴れて新所長就任を果たしたおかげで、研究都市のみならず四海都市への発言力も格段に強くなった。

建前では個人所有を認められていない希少《きしょう》な緑地の一軒家も手に入れた。間取りはショアを引きとることが前提で、小さいながら庭も用意してある。

陸上の土地を所有できるのは限られた——そして隠された——わずかな特権階級のみ。

エルリンクは水腐病《すいふびょう》特効薬開発者という名誉と、試作段階の抗体を影の権力者たちに提供して恩を売ることで、彼らの仲間入りを果たしたのだ。

「その私が、わざわざ海の底くんだりまで足を運んでやったというのに」

誘拐犯に対するような露骨《ろこつ》な拒絶を受けて、エルリンクは思いきり不愉快だった。

だが、ぐずぐずしてる暇はない。早くショアを連れ戻しチップを摘出しなければ。そうしなければ彼の命に関わる。

焦りと、ショアに拒絶された怒りの中で、エルリンクはひとつの方法を考えついた。

「あの子がそれほど研究所に帰りたがらないのなら、自分から戻りたくなるようにすればいい。海底での暮らしなどさっさと捨てて、私の元に戻りたくなるように――」

研究所の最上層から下界を見下ろし、エルリンクは小さく北叟笑《ほくそえ》んだ。


立ち昇る無数の気泡《きほう》の粒たちが陽をあびてきらきらと輝く。青一色だった世界に現れた光の乱舞《らんぶ》。生命のきらめき。

「ショア、推進スラスターの出力調整を」

「は、はい!」

潜水艇後尾から排出される気泡の美しさにみとれていたショアは、あわてて手元の操作盤に視線を戻した。

　平衡維持タンク、上昇用バラストタンク、水圧動力装置、水深計、蓄電池《ちくでんち》の残量、推進装置。ショアはグレイの指示に従い、いくつもの計器類《けいきるい》を次々と確認、調整してゆく。

「やっぱり覚えがいいな。初めてこいつに乗ったとは思えないぞ」

　褒められて嬉しくなる。操縦《そうじゅう》を教えてやるから来いとグレイに誘われたときは不安だったけれど、真珠色に輝く潜水艇《せんすいてい》の乗り心地は意外に良かった。

　艇の前部は透明板《クラルス》でできており、開けた視界の先には、どこまでも青い世界が広がっている。水深が増すごとに赤、黄、緑の順で海水に吸収された色が、照明を当てた瞬間よみがえる。

「あれ？　キールだ」

　迷路のように入り組んだ岩場を一機の潜水艇が近づいてきた。障害物を巧《たく》みに切り抜けながら、機体をぴたりと寄せる手並みも鮮《あざ》やかだ。

『ショア、この先はあんたには無理だぜ。グレイ、素人にこんな危ない場所をふらつかせるなよ』

「確かにその通りだな」

　グレイは手を挙げてキールに合図を送り、ショアと操縦を交代した。

「キール、俺たちと一緒に戻るか？」

『オレ、さっき来たばっかりだもん。もう少しいるよ』

通信機から伝わる返事と同時に、キールの艇は軽やかに離れて行った。初めてとはいえ自分のたどたどしい操縦と比べ、華麗《かれい》なまでの見事な腕前にショアは驚いた。

「あいつの腕は北海採掘舎で一、二を争うからな。今度乗せてもらうといい。いろいろ勉強になるぞ」

キールの想いにはまるで気づいてないらしい男の言葉に、ショアは曖昧《あいまい》にうなずいた。

居住区から『パイン』と呼ばれる採掘ドームへは、誘導電動車輌《リニア・カーゴ》に乗って採掘現場に移動する。パインの形状は名前の通り果実の輪切り状に近く、芯の部分にあたる採掘点と、その周りにぐるりと配された各施設——司令室、機械室、格納庫、残土《ざんど》排出ダクト、一次精錬所、仮設宿舎などから成り立っている。

「班長、ショア！　手紙が届いてますよ」

潜水艇の操縦練習を終えて居住区に戻り、食堂へ向かう途中で呼び止められた。ふたりがふり向くと、タフタフが白い封筒をかざしながら近づいて来る。

「手紙？」

少し意外そうに首を傾《かし》げたグレイと違い、ショアは胸騒ぎを覚えた。

「ええ。今日は他の連中にも軒並《のきな》み届いてますよ。何かの宣伝でしょうかね」

差し出された封書をグレイは無造作に尻ポケットにねじ込んだが、ショアは不吉なものを感じて差出人を確認した。

後見人となったレノとは昨日送話機で話したばかりだし、これまで彼女が手紙を送ってきたことはない。他に手紙を送ってくるような人物にも心当たりがない。差出人の署名は頭文字だけ。嫌な予感がする。

ショアはその場で封を切り、一枚目を一瞥《いちべつ》したとたんくしゃりと丸めた。

「どうしたんだ？」

行儀良く紙面から目を逸《そ》らしていたグレイが、心配そうに覗き込んでくる。

「いたずら…というか嫌がらせみたい」

「嫌がらせ？　見せてみろよ」

伸ばされたグレイの手をよけて、ショアは手紙を引き裂いた。何度も重ねて引き裂き、食堂の奥にある厨房《ちゅうぼう》の洗い場で燃やして水に流す。厨房を出ると、何か言いたげなグレイに見つめられた。心配と疑問で揺れている碧い瞳を正視できずにうつむく。

「もしかして、この間の公園の奴か？」

「……！」

どうしてわかったのだろう。男の勘の良さにうろたえながら顔を上げると、これまで見たことのない強い視線に射抜《いぬ》かれた。

「グレイ…？」

「あのな。聞かれたくないことを無理強いしてまで探り出したいわけじゃないけど、何か厄介事に巻き込まれてるなら力になりたい」

首の後ろを撫でながら、溜息まじりの男にそう告げられて、ショアは申し訳なさと後ろめたさで固まってしまった。

「あのスカした銀髪野郎って、本当はおまえの恋人とかじゃないのか？　別れ話がこじれて嫌がらせされてるなら」

「ちがう！」

ショアの叫びは、ほとんど無人の食堂に思いがけない大きさで響きわたった。

「ちがう、エリィは恋人なんかじゃない」

こうした会話の流れで強く否定することは決して得策《とくさく》ではない。それが、恋愛の機微《きび》など理解の埒外《らちがい》であるショアにはわからない。

ちがうちがうと首をふり、懸命に言いつのればつのるほど、腕を組んだグレイの眉間に深いしわが寄ってゆく。

「僕が好きなのはグレイ、貴方だけ…！」

「……そうか」

ようやく腕組みを解いたグレイの声はどこか苦いものを噛んだ響きがあり、伏せた瞳にはこれまでみたことのない陰りが差していた。

「グレイ、どこへ行くの？」

「少し頭を冷やしてくる」

ふり返らず、片手を上げて食堂から出ていく男を追いかけることができず、ショアは不安を抱えてその場に立ちつくした。

「大丈夫。あれは拗《す》ねてるだけですよ」

「タフタフさん…」

扉の影で一部始終を見守っていたらしいタフタフに慰められて、少しだけほっとする。

「班長は基本的に頼られるのが好きな男ですからね。惚れた相手が心を開いてくれなくて焦れてるんですよ」

「心を…」

開いてないと指摘され、胸が痛んだ。

このまま秘密を抱えていたら、いつかグレイに愛想を尽かされてしまうのだろうか。

けれど研究所の人間を激しく憎んでいるグレイに、己の出自を告げるのは怖い。

一緒に食べましょうかというタフタフの誘いを断り、ショアは食堂を出た。頭を冷やし、今後を考える必要が自分にもある。

タフタフの指摘が聞こえたわけではないが、グレイは確かに焦れていた。少しだけ苛立ちも混じっている。

『エリィは恋人なんかじゃない』

エリィ。発作のあとショアが寝言で呼んだ名前だ。

育ての親が成人した義理の息子を力ずくで連れ戻そうとする理由がどれほどあるだろう。それよりも恋人同士の痴話喧嘩《ちわげんか》と言われた方が納得できる。――腹は立つが。

グレイは居住区ドームを出て適当に二輪車《アウリーガ》を走らせながら、ふと尻ポケットに入れっぱなしの封書を思い出した。アウリーガを路肩《ろかた》に寄せて、封を開く。中には十数枚の写真と一枚の手紙。内容を確かめる寸前、何か予感めいたものが胸を過《よ》ぎる。

紙面に目を走らせるグレイの拳が小刻みに震えはじめた。文面を何度も確認しながら、刃物に触れるよう慎重に写真を取り出す。

「ショア…、おまえは――」

色あせた十数枚の写真。そこには、グレイがずっと知りたかった『真実』が写っていた。

グレイを探して闇雲《やみくも》にさまよう代わりに、ショアは四海平和評議会特別査察官レノ・ヤンバースに助けを求めた。

西海都市北区で落ち合い、休養日で賑わう広場のベンチに腰を下ろす。いくつもの露店から流れてくる美味しそうな匂いと人々の喧噪《けんそう》の中、ショアはエルリンクから接触があったことを伝えた。公園で無理やり連れ去られそうになったと告げると、レノの眉間に深い憂慮《ゆうりょ》のしわが寄る。

「手紙の内容はどういったもの？」

ショアは力なく首をふった。

「ほとんど見ずに燃やしてしまったので…」

「──…あなたの気持ちはよくわかるけど、不正摘発の証拠品として今後重要な意味をもつかもしれない。もしまた届くようなら保管して、すぐに連絡をもらえるかしら？」

レノは小型の通信機を差し出し、ショアに使い方を説明してから話題を変えた。

「エルリンク・クリシュナがアストラン研究所の新所長に就任したことは知ってる？」

「え…！」

「前所長のサンミルと、水面下でかなり激しい攻防戦を繰り広げていたようだけど、『水腐病特効薬開発責任者』という肩書きが絶大な効力を発揮したようね。──それだけじゃないはずだけど」

「エリィが、所長に…」

「今月末の一天四海会議で承認されて、来月には大々的に告知されるでしょう」

地上ではすでに『百年にひとりの偉大な指導者の出現』などと、エルリンクを絶対視する動きがある。自らの演出か、裏で糸を引く黒幕がいるのか判然としないが、ひとりの人間に権力が集中しすぎるのは危険な兆候だ。

「ここ数年、研究所を含め地上政府《アストラン》全体に独立の気風《きふう》が強いことは？」

「仕事仲間に教えてもらいました」

ショアが答えるとレノは長い溜息をついた。

「地上と海底の均衡《きんこう》が破れるようなことは、あってはならないの」

そうした不穏な芽を早めに摘《つ》んでしまうためにも、エルリンク・クリシュナが行った不正を暴き、彼に集中しはじめている権力を削《そ》ぎたい。レノはそう続けた。

「……僕には彼が何を考えているのかわかりません。今さらどうして僕を連れ戻そうとするのか」

返事の代わりにつぶやくと、レノは「わたしにもわからないわ」と首を横にふる。

「所長に就任して顔を知られるようになれば、直接手を出してくることは無くなると思うけど、何かあったらすぐ連絡をちょうだい」

レノに慰められ、ショアが部屋に戻ったのは夕食の時間をだいぶ過ぎてからだった。

ドームの外壁に沿ってゆるい弧《こ》を描く舎宅《しゃたく》に戻り、扉の横に置かれた小さな荷物入れを見下ろしてショアは首をひねった。グレイは共有の通路にゴミを出すような男ではない。

怪訝《けげん》に思いながら把手《とって》を回すと鍵がかかっている。扉板《とびらいた》を指の背で小さく叩いてみても返事はない。グレイはまだ戻っていないのだろうか。そういえば彼と暮らしはじめて三カ月。休養日にこれほど長く別々に過ごしたことはなかったと思う。

首を傾げながら、これまで一度も使う機会のなかった合鍵を取り出し、鍵穴に差し込む。

「あれ…?」

途中までしか差し込めない銀片《ぎんぺん》を目の高さに持ち上げて部屋番号を確認。…合っている。もう一度上下を逆にして差し込んでみても結果は同じ。明らかに鍵が合ってない。

「え、え…? どうして?」

使えない鍵を見つめ、扉を見つめ、隣のタフタフに助けを求めようと扉を離れたとたん、背後でカチリと小さな音がした。

中から開く気配にほっとしてふり向き、グレイの顔を見た瞬間、血の気が引いた。

「眠って…いた?」

男の表情は見たこともないほど固く暗い。寝起きで機嫌が悪いのだろうか。それとも手紙の件でまだ怒っているのか。

「グレイ?」

入り口を塞いだまま無言でにらみつけられ、その冷たさに押されるようにショアは半歩後ろによろめいた。

「その鍵はもう使えない」

張りのない低い声。苛立ちを抑える気配。

「え、あ…？」

にぎりしめていた鍵とグレイの顔を交互に見つめて、ショアは途方に暮れた。いったい何が起きようとしているのかわからない。

「グ…」

「荷物はまとめてやった。どこへでも好きな場所へ出て行け」

投げやりな言葉とともにあご先で通路の荷物を示される。ショアの視線が逸れたすきに扉が閉まりかけ、あわてて飛びついた。

「ま、待って…！　どうして、なぜ？」

理由を問い背中にすがりつこうとした刹那《せつな》、

「――…よくも俺を騙《だま》したな」

ゆらりとふり向いた男の歯の間から、発火直前の熾火《おきび》のような声が洩れる。

ショアはとっさに左右を見回し、それから背後をふり返った。自分の傍にグレイの怒りを買った人物がいると思ったのだ。

「おまえに言ってるんだ」

襟元《えりもと》をグイとねじり上げられて踵《かかと》が浮く。

「ぁ…うっ」

目の前に、何度も期待を裏切られた者特有の、あきらめに歪《ゆが》んだグレイの顔が迫る。

襟元をにぎりしめた拳があごを小突き上げ、そこからかすかな震えが伝わる。やるせなさと悲しみが混じった怒りの小波《さざなみ》を受け、ショアの身体も波立つ。

「グ…レイ……?」

「嘘つきの下衆野郎《げすやろう》」

痛みを耐えるような苦しげなうめきとともに面罵《めんば》され、ようやく男の怒りがまちがいなく己に向けられていることに気づいた。

——だけど、どうして。

理由もわからず、燃え立つような拒絶の意志にふり払われ、すがりついていたショアの両手がだらりと下がる。

「不幸話で俺を丸め込んで、腹の中では笑ってたのか?」

「な、に…?」

ほんの半日前まであれほどやさしくショアに労《いたわ》りの言葉をかけてくれた唇から、静かに毒のような詰《なじ》り声が滴り落ちる。

「可愛い顔にまんまと騙されたよ。まさかおまえが研究所育ちの卑怯者だったとはな」

震える声と両手にしめ上げられ、ショアの呼吸が途切れる。同時に世界から音が消え、時間が消え、身体的な苦痛も消え果てて、ショアはばかみたいにグレイの顔を見つめた。

「顔色が変わったな。おまえたちが見下している海の底にわざわざ足を運んで、芝居までして、何を探ろうとしているのか知らないけどな。俺たちはそれほどばかじゃない」

「…グレ……ちが、――…あッ」

ちがう、誤解だと否定しかけた瞬間、爪先が浮くほど襟をしぼり上げられ、塵《ごみ》でも捨てるように廊下へ放り出された。よろめいて通路の反対側の壁に背中をぶつけ息が止まる。痛みにうめくショアの頭上で、男の瞳が一瞬悔《く》いるように揺れた。とっさに差し出しかけたグレイ両手は、しかし途中で止まってしまう。

「何だこれは?」

転んだ拍子にショアのポケットから飛び出た通信機を拾い上げ、グレイは確証を得た告発者のように冷たく無慈悲な判断を下した。

「これで仲間と連絡を取っていたのか」

「う…、ち…っ」

胸が痛くて声が出ない。息を吸おうとして、ヒューヒューと情けない音を立てる喉を掻《か》きむしり必死に目を上げると、グレイが通信機を思いきり床にたたきつける姿が映った。鈍い破砕音《はさいおん》を立てて飛び散った金属の欠片が頬をかすめ、思わず目をつむる。

「ふざけるな! 俺はおまえを……ッ」

悔《くや》しさにかすれた語尾をごまかすように、グレイの長い脚が通信機を踏みつけた。頑丈な長靴《ブーツ》の底に潰され蹴飛ばされた機械の残骸《ざんがい》が、ショアの腕をかすめて壁に当たる。

「班長！　落ちついてください」

騒ぎを聞きつけ隣の部屋から飛び出してきたタフタフが、怒りに拳を震わせたグレイとショアの間に割って入った。

「彼が上の連中の仲間だって、まだ確定したわけじゃないでしょう？　あの手紙だって誰かのいたずらかもしれないわけだし」

「自分で認めたも同然だ。こいつの顔を見ればわかる。それに」

「班長」と、年上の部下にたしなめられてグレイは口をつぐむ。タフタフは大型草食動物のようなおっとりとしたしぐさで、ショアがへたり込んでいる床に膝をついた。

「ショア、君、本当に研究所からやって来たのかい？」

公平さを保とうとするタフタフの声に顔を上げたショアは、すがる思いでグレイを見つめ、冷たく拒絶されて視線を床に落とした。

否定して嘘をつき通すか、それとも正直に認めるか。どちらを選んだ方がグレイの怒りが鎮《しず》まるだろう。許してもらえるだろう。

ろくに回らない頭で考えるより早く、胸の底からこみあげる何かに促され、ショアは正直に小さくうなずいた。そして同時に、

「話は終わりだ」

グレイの容赦ない判決が下されたのだった。

『わたしの部屋で休んで行きますか』というタフタフの厚意《こうい》を辞退したショアは、代わりに空き部屋を探してもらい、移動した。

グレイが住んでいる区画から少し離れた場所に、老朽化が進んだせいでほとんど使われていない居住棟がある。

「水と動力は使えるはずですよ。マットレスは…無いな。倉庫に予備があるから持ってきましょう」

部屋の状態を確認して身をひるがえしかけたタフタフの腕を、あわてて捕まえ首をふる。

「いえ…、いいです。一晩くらい無くても平気です。明日自分で調達しますから」

どうせ眠れないだろうし。

ショアは少ない荷物を床に置き、儚《はかな》く微笑んだ。心配そうな表情の大男を見上げて、もう一度「大丈夫です」とうなずく。

「それより、あの。どうして僕が…け、研究所育ちだって、知って…」

タフタフがポケットから取り出して見せた白い封筒を、ショアは震える指先で受け取った。中には癖のない文字で『ショア・ランカームは新所長エルリンク・クリシュナ子飼いの所員であり、十年以上も特効薬開発に携わってきた。そして今は彼の密命を受けて海底都市の動向を探っている――』などといった内容が報告書風に書き連ねてあった。

いくつかの真実を多くの嘘で粉飾《ふんしょく》したらこうなるだろうという見本。何をどう訂正すればいいのかわからない。うつむいて黙り込んだつむじに、タフタフの気遣いが触れる。

「班長は今、頭に血が昇ってますから。言われたことはあまり気にしないように。それにあんなに怒ったのは、君のことを大切に想ってる証拠ですよ」

やさしい慰めに顔を上げられないままコクリとうなずく。本当にそうならいいのだけど。

ひとりになりたいという希望を聞き入れたタフタフが去ってしまうと、ショアはがらんとした部屋の床に崩れ落ちた。

「…痛……」

緊張と衝撃が少し遠のいて、ようやく痛みが戻ってきた。壁に打ちつけた背中が重苦しい鈍痛《どんつう》を訴え、通信機の残骸がかすめた腕と頬はヒリヒリと自己主張をはじめる。

そのどちらも無視して、ショアは冷たい床にごろりと横たわった。

長い間空室だったのか部屋には人の温もりを感じさせるものは何もなく、くすんで無機質な建材だけが窓から射し込む淡い燐光に浮かび上がっている。

間取りはグレイの部屋と大差ない。そのことで一層、今の自分の境遇を思い知る。

「ばれちゃった…」

ぽつりとつぶやいて、タフタフから受け取った紙片をもう一度眺めた。

誰がこんなものを送りつけてきたんだろう。グレイもこれと同じものを見て、それであんなに怒ったんだ…。案外冷静だったタフタフと比べて、彼の怒りが激しいのは、やはり研究所嫌いのせいか。

グレイの家族と恋人が水腐病で亡くなった時期に、ちょうど完成したばかりの特効薬はまだ大量生産には至らず、地上の人間から優先して配布されたという。

『研究所は嫌いなの？』とたずねたとき、彼は容赦なく『大嫌いだ』と吐き捨てた。その錆《さ》びた刃のような嫌悪感の切《き》っ先《さき》が、今はショアに向けられている。

嘘つき、卑怯者。下衆野郎とも言われたっけ。

思い出したとたん涙がこみあげた。

左目からあふれた涙が右目に流れ込み、合流してこめかみを伝いこぼれ落ちる。埃《ほこり》っぽい床に小さな水溜まりができるほど泣いてから、ショアは痛みに軋《きし》む身体で起き上がった。

グレイにちゃんと話を聞いて欲しい。

こんな得体の知れない紙切れじゃなく、自分の言葉で語れる限りの真実を知って欲しい。

たとえ全ては話せなくても、自分は彼が誤解したような研究所の手先ではない。

研究所で育てられたことは事実だが、水腐病の抗体保持者として利用されていただけだ。

くり返される生体採取と実験に耐え、最後に受けとったのは『おまえにはもう価値が無いからいらない』という養父《エリィ》の言葉だけ。そのエルリンクとはもう関係が切れている。それだけでもなんとかグレイに伝えたい。自分は研究所に捨てられ、そして捨てて来たのだと――。

ここでめそめそ泣いているだけでは、本当に彼を失ってしまう。そんなのは嫌だ。

ショアは立ち上がって顔を洗い、グレイの部屋へ向かって歩き出した。


「何しに来た、帰れ」

先ほどの激情は治《おさ》まったようだが、グレイの受け答えは冷たいほど素っ気なかった。

小一時間も小さく扉を叩き続け、ようやく姿を現してくれた男の苛立つ表情を見上げたショアは、くじけそうになる気持ちをにぎりしめた両手で支えた。

「話を、聞いて欲しい…」

答えはない。代わりに大きな溜息が頭上をかすめる。同時に逞《たくま》しい腕が胸元にぬっと伸びて、反射的に首をすくめた。またさっきのように放り出されるのだろうか。

逃げようとしてよろめいた身体がグイと前へ引っ張られ、扉の中に引きずり込まれた。

「外でしのごのやってると、またタフタフにお節介を焼かれるからな」

扉が閉まりグレイが腕を離すと、千切れた釦《ボタン》がひとつ床に落ちて乾いた音を立てた。

物を扱うような無造作な態度。思いやりの感じられないそれは、研究所で受けた仕打ちを思い出させる。それでも問答無用で追い返されるよりはいい。話を聞いてくれるつもりはあるらしいのだから。

「あの…、これに書いてあることだけど」

一縷《いちる》の希望にすがりつき、にぎりしめた紙片を差し出しながら、ショアは訥々《とつとつ》と言葉を選んだ。

「僕は確かに研究所で育った…。でも、彼とはもう何の関係もなくて」

「彼って?」

どうやらグレイの苛立ちの焦点は、研究所育ちという事実より銀髪の養父に向かっているらしい。

「あ、エリィ…、エルリンク・クリシュ…」

「もう関係がないってことは、前はあったってことだろう」

グレイは抑揚《よくよう》のない低い声で言い訳をさえぎりながら、手紙とは違う複数の紙片をショアの胸元に放り出した。

受け取る間もなく、はらはらと舞い落ちたのは十数枚の写真。戸口《とぐち》の淡い灯《あか》りの下でも、その中の何枚かは全裸で男に組み敷《し》かれている少年のものだとわかる。

「——…ぁ」

喉の奥でくぐもった妙な音がもれた。

ショアはあわててしゃがみ込み、印画紙をかき集めた。
五、六歳のショアがエルリンクに肩車をしてもらい、青空に手を伸ばして笑ってる。泣きべそをかき、エルリンクに抱きついている十歳のショア。白衣の裾をにぎりしめ、まとわりついているのがひと目でわかる情景。そして…。
いったい、いつの間にこんな写真を撮られたのか。エルリンクに抱かれている幾枚もの記録画像は、抱かれているショアの姿だけが鮮明で、抱いている方はうまくぼかして修正されている。一見して誰かはわからない。

「そいつがおまえの『エリィ』だろ」

責める声。その底に折り重なるのは怒り、苛立ち、悲しみ、そして嫉妬。ショアに裏切られたと信じた瞬間、グレイの愛情は負の感情へと転じてしまった。その飛沫《ひまつ》が、血の気をなくしたショアの頬に当たって滴り落ちる。

「今日おまえ宛に届いた手紙も、この前中央公園に現れたのも、寝言で名前を呼んだのも、全部その男だ」

「ぅ…——」

断定されて、それが真実であるだけに否定できない。目の前にあったグレイのひざと、にぎりしめた拳が静かに遠ざかってゆく。

「……グ、グレイッ、待…って、待って！」

誰かに喉をしめられているような上擦《うわず》ったかすれ声で、ショアはグレイにすがりついた。ここであきらめたら本当に嫌われてしまう。

「…がう、ちがう…ッ！」

ひざ立ちで男の上着のすそにしがみつき、懸命に言葉を探す。

「あのひとは、エリィは…僕の育ての親で、何度も抱かれたりしたけど、でもちがう！研究所で僕が受けた扱いは…――」

実験体だったと言いかけたその瞬間、涙に潤んだ目の奥で赤い閃光がはじける。

「い…――ッ」

鋭い痛みに射抜かれ、とっさに頭を抱えて身を丸める。頭蓋《ずがい》の中で何かが暴れている。喉元を迫り上がる吐き気と悪寒。身体の痺れと激しい虚脱感《きょだつかん》。――発作だ。

「都合が悪くなると、そうやって誤魔化すんだろ。だけどもう、その手は利かないから。…おまえは俺に嘘をついた。ずっと嘘をついていた。俺はもうおまえの言葉の何が真実で、どれが言い訳なのかわからない」

グレイは詰りながら、ショアがにぎりしめていたエルリンクとの情事の証拠を一枚抜きとり、眼前に突きつけた。

「おまえが俺を好きだと言った言葉も、もう信じることができないんだよ」

未練を断ち切るような言葉とともに襟首《えりくび》をつかまれ、外に放り出されてしまった。萎《な》え

た両脚は少しもふんばりが利かず、ショアは数時間前と同じみじめな気持ちで通路に倒れ込んだ。

「あ…」

痛みに耐えてふり向くと、すでに扉は閉じられている。

もう一度…と、にじり寄り扉を叩きかけ、ショアは力の入らない両手を下ろした。

無駄だ。何度すがりついても、本当のことを言えない限りグレイは許してくれない。そして頭部に埋め込まれた忌々しいチップがある限り、自分の過去を語ることはできない。

——ショアが許される日は、来ないのだ。

6　「砂漣《されん》」

ショア・ランカームの一番古い記憶は、薄桃色《うすももいろ》のふわふわした母と、褐色で力強い父のイメージから成り立っている。

両親にかわるがわる抱きしめられ、青空に向かって伸ばした自分の指先。乳脂色《クリーム》の砂浜と、つややかな緑葉を風に揺らす椰子《ヤシ》の木々。涼しい木陰でのどかな午睡《ひるね》。

二番目の記憶は一変して、赤黒い腐肉《ふにく》と茶と黄土色の腐臭《ふしゅう》の中だ。いくら呼んでも答えてくれない、人の原型を留《とど》めぬほど変わり果てた父と、手足が溶け崩れた母。このときショアはまだ五歳。温かさとやさしさ、愛情と絶対の庇護《ひご》を失うには早すぎる。

そして、三番目の記憶は白。

恐れと不安と空腹に泣き叫ぶショアを、赤黒い腐肉の中から抱き上げ助け出してくれた、全身真白な——あとから考えると防護服の色だった——背の高い人の記憶。

水腐病で全滅した島から、ただひとりの生存者として救出されたショアは、そのまま最重要人物として研究所の保護と監視下に入った。アストラン大陸に戻る船中の検査でショアの体内には、その発生以来数百年、誰も生成できなかった水腐病に対する完璧な抗体が有ることが判明したからだ。

船の中で血を採られ、縦にされ横にされ、毛穴まで様々な機械で調べられたあと、十名近い男女の前に連れて行かれた。

「この中から、一番好きな人を選んで」

やさしい声とともに背中をそっと押され、ショアは目の前に並んだ大人たちを見上げた。年齢も体格も様々だが、皆やさしそうな微笑みを浮かべている。ショアはぐるりと見ましたあと、一番奥に立っていた白衣の青年に近づき、

「このひとがいい」

たどたどしい宣言とともに、細くて長い足にしがみついた。

それがエルリンク・クリシュナだった。

長い白衣の裾にもぐりこみ足下にまとわりついて飛び跳ねていると、伸びてきた長い腕に抱き上げられた。視界が上下に揺れ、目の前に銀の髪と銀縁の眼鏡が現れる。レンズ越しの薄い水色の瞳が不思議そうにショアを見つめ、

「私でいいのか？」

抑揚《よくよう》の少ない冷静な声で問われて、ショアはこくんとうなずいた。

エルリンクを選んだ理由は白くて背が高かったから。ひと目見たとたん、この人があの赤黒い腐肉地獄から自分を助け出してくれた人だとわかった。それからもうひとつ。

彼が部屋の中で一番寂しそうだったから。

ショアの気を惹こうと目線を合わせ、微笑みかけたり話しかけてきた他の大人たちと異なり、腕を組み超然《ちょうぜん》とたたずんでいたエルリンクを見て、なぜそんな風に思ったのか。ある種の動物と子供が持つ特有の勘としかいいようがない。それが正しかったか否《いな》か、わかるのはずっとあとになってからである。

アストラン大陸のほぼ中央に建つ研究所は、建物というよりも要塞《ようさい》に近い。石灰岩質《せっかいがんしつ》の山をくりぬいて造られた研究棟は、上へ向かって幾何学的《きかがくてき》に建て増しされており、個々の棟は白く直線的でありながら、全体的には巨大な有機体のように見える。

ショアはエルリンクに手をひかれ、白い研究所の上層部へと連れて行かれた。

「ここが今日から君の部屋だ」

そう言って示されたのは、小さな庭に面した半円形の明るい部屋。出入り口はひとつ。扉を出て、弧を描く廊下をはさんだ向かい側にエルリンクの居室。その右隣は図書資料室、さらにその隣が遊戯室《ゆうぎしつ》。エルリンクの部屋の左隣には目的に応じた実験室が五つ。

それがショアの世界の全てだった。

他の階への通路は警備が厳重で、許可された場所以外にショアが足を踏み入れることは決してできない。

着いたその日から実験と、データおよび生体採取の日々がはじまった。

船中で行われたものより精密な検査が施され、抗体の組成解明《そせいかいめい》のため、血液の他に汗や唾液、皮膚や内臓といった生体が定期的に採取される。際限《さいげん》なくくり返される検査や生体採取にともなう苦痛は、どれほどやさしくなだめられても受け容れがたく、幼いショアを泣かせた。

その一方で、今やこの世で誰よりも貴重な存在となったショアの健康が万が一にも損なわれることのないよう、睡眠時間や運動、日光浴、食事の内容などが厳格に定められた。情緒と愛情面への配慮は、保護者として選ばれたエルリンクの担当である。

幼子《おさなご》の遊び相手や、子育てに類《るい》することはエルリンクにとって未知の領域であった。しかし無心になついてくるショアを前にすると、不慣れな子守歌や添い寝も苦にならなかった。ショアが呼べばいつでも駆けつけ、実験を嫌がってぐずれば、研究員たちに命じて時間を短縮させたり延期させたりもした。

ショアがエルリンク以外に強い関心を示した研究員は接触を制限され、必要以上に少年と親しくなることを禁じられた。そうした事情を、もちろんショアは知らない。

自分だけに依存するよう愛情をそそぎ、ゆるぎない信頼を勝ちとると、彼は巧みに幼いショアの心情を操《あやつ》りはじめた。

ショアのわがままで予定が狂うと、少しだけ素っ気ない態度をとる。三度に一度、返事をしない。いつもより笑顔が少ない。

そんなささいな変化がショアには耐えられない。箱庭のような暮らしの中で唯一、やさしく抱きしめ、無償の愛情をそそいでくれるエルリンクに嫌われたらどうすればいいのか。銀髪の養父の笑顔を見るため、ほめてもらうため、やさしい言葉のひとかけら欲しさに、ショアは健気に、実験にともなう苦痛と囚われの暮らしを耐え続けたのだ。…十五年間も。

自分に与えられた愛が贋物《にせもの》であり、受けた仕打ちがどれほど理不尽なものだったか、ショアが気づくのはずっと先、銀髪の保護者に見捨てられたあとになる——。


研究所での暮らしが五年以上過ぎた頃。

ショアはここ数日、寝苦しい日々を送っていた。理由は自分でもわからない。何か重苦しいものが下腹に凝って、ときおりそれが熱く沸き立ち全身を支配する。

つかみどころのない靄《もや》のように体内で渦巻く熱を、なんとかして解き放ちたいのに方法がわからない。エリィ——ショアだけが呼ぶことを許されたエルリンクの愛称——に助けを求めたくても、なぜか後ろめたくて言えない。それは、排泄行為《はいせつこうい》や裸体を見られたくないという本能的な羞恥《しゅうち》に似ていたからだ。

「ん…ぅ……」

開け放った窓からときおり初夏の涼しい夜風が吹き込み、寝具が汗ばむほどの熱を散らしてくれるものの、気休めにしかならない。

よれた上掛けの盛り上がった部分に下肢《かし》を押しつけ、もぞりもぞりと寝返りを打つ。

『そこ』が布の塊《かたまり》で圧迫されたりこすれたりする度に、呼吸が速まり胸がどきどきと早鐘を打つ。直接触れたい誘惑に負け、指先を夜着《よぎ》にもぐりこませようとした瞬間、

「眠れないのか」

扉が開き、夜風が強く吹き抜けた。

「エ…リィ…！」

エルリンクは扉を閉め、驚きと恥ずかしさで身を固くしているショアのベッドに近づいた。窓辺に置かれた寝具は月明かりをあびて青白く波打っている。

枕元に手をつきショアを覗き込んだエルリンクの銀髪が、月よりもまばゆく輝く。昼間はきっちりと撫でつけられている毛先が、今はゆるやかに額や頬にかかっている。

「どうした、ショア」

ひんやりとしたエリィの指先が頬に触れて、ショアはびくりと身を引いた。

理由のわからない後ろめたさの正体をエリィには知られたくない。

「熱が？」

逃げる首筋を捕らえられ、汗ばんだ前髪を指先で払われた。額に手を置かれ、吐息が触れるほど顔が近づく。白い夜着の襟元から、エリィの筋張《すじば》った鎖骨がちらりと見えて、

「な、なんでもな…」

なぜかひどくうろたえた。あわてて身を引こうと身体をよじると、怪訝《けげん》そうに見下ろさ

れ溜息をつかれた。控《ひか》えめな陰影《いんえい》を作るエリィの喉元の隆起《りゅうき》が、呼吸とともにわずかに上下する。その動きにショアの視線は吸い寄せられ、無意識に自分のつるりとした喉元を探ってしまう。

抱き寄せられ、エリィの体温を感じた瞬間、これまで身体のそこかしこで揺らいでいた熱が下肢の一点に集まりはじめる。

「あ…っ」

痛痒《いたがゆ》いような痺れを感じ、ショアはねじるように両脚を閉じてうつむいた。

「どこか具合が悪いのか?」

エルリンクは慣れたしぐさでショアの夜着を脱がせ、どこにも異常がないかつぶさに調べはじめる。養父から冷静な研究者に切り替わったとたん、彼の行動には容赦がない。

「や、エリィ…、ちがう――」

「静かに、ショア」

いつもより低めの声でゆっくり名を呼ばれただけで、ショアの抵抗は力をなくす。ぎゅっと押さえていた下衣《かい》の前から両手を離すと、エリィの細く長い指がためらいもなくそれを引き下ろす。月明かりの中に浮かび上がる自分の青白い下腹部からとっさに目を逸らし、ショアは養父の胸元にすがりついた。

力の抜けた両脚のつけ根、身体の中心に痛いほどエリィの視線を感じる。熱をはらんだ下着の中にひんやりとした指先がもぐりこんできた瞬間、耐えきれず身を丸めた。

「やっ……！」

半身をひねり、うつ伏せになってもエリィの五本の指は下肢のつけ根から離れない。形を確認するようにそこをまさぐられ、かすかに笑いを含んだ納得声《なっとくごえ》が首筋に落ちる。

「――……なるほど」

「離して、エリィ。離して…ッ」

半泣きで懇願すると、小さな笑いとともに長い手指が離れてゆく。

ほっとしたのも束の間、代わりに下着がするりと引き下ろされてしまい、そのまま背後から抱きかかえられ、エリィの胸に寄りかかるよう身を浮かされる。

「じっとして、力を抜いて楽にするんだ」

実験室での指示と同じ口調で命じられると、ショアは恥ずかしさに丸めていた四肢《しし》をおずおずと開いた。左脚がエルリンクの膝にすくい上げられ、そのまま固定されると、彼が脚を広げた分だけショアの脚も動いてしまう。

「エリィ、エリィ…！」

恥ずかしいから止めて。

消え入りそうな声で頼み込むと、銀髪の養父は不思議そうに目を細めた。

「裸なんて見られ慣れてるだろう」

「そうだけど。でも、だけど…」

身体の中心で疼《うず》くように熱を発し、何かを求めてひくついている性器を見られるのは猛烈に恥ずかしい。一緒の湯を使い、おねしょの始末までしてくれた養父《エリィ》だからこそ知られたくない。見られたくない。これまで経験したことのない種類の羞恥なのだ。

「心配しなくていい。ここが疼いて熱くなる。それからこうして…」

言葉とともにエルリンクの右手が下腹部に伸びてくる。

「こうされると気持ちいい。そうだろう?」

「わ、わからな…――」

「気持ちいいんだ。私にこうされると、君はとても気持ちよくなる。胸がどきどきして、呼吸が速くなり、頭がぼうっとする」

これが快感というものだ。

そう耳元でささやかれ、未知の感覚に名をつけてもらうと、ショアは少しだけ安心して、エリィの指の動きとその感触に身を委ねた。

「ん、う…っ」

やがて痛いほど張りつめ、エリィの手の中で震えていた性器にはじめての吐精《とせい》が訪れる。

「や…、何か、何か…出るッ」

粗相《そそう》をしてしまう恐怖にショアが悲鳴を上げるのと、エルリンクが流れるようなしぐさで少年の性器に何か被《かぶ》せたのは同時だった。

　エルリンクはひくついているショアの腰を左手で押さえながら、右手でまだ幼い性器を根本からしごいて、最後の一滴まで白濁《はくだく》をしぼりとった。

「な、…に？」

　汗でにじむ両目を開け、ショアはエルリンクの手の中を見つめた。うすい半透明の小さな被膜《ひまく》に採集されたのは、たった今自分が放ったばかりの体液だ。

　月明かりにぬめりを発する白濁は、ショアがはじめて目にするもので不安になる。

「それ、…何？」

「君が大人になった徴《しるし》だ」

　素早く色や量を確認し、脇机《わきづくえ》に置かれた銀色の小箱にしまったエルリンクは、「すぐ戻る」と言い置いて部屋を出て行った。

　ひとりになったとたん、ショアは無性に悲しくなった。汗ばんだ肌に夜風が冷たい。自分が道具扱いされているような気がして、涙がこみあげる。胸が痛い。下肢の気怠さと相まって、生まれてはじめて経験する悲しさに身悶《みもだ》えてしまう。

　それがみじめさという感情であることにはまだ気づけない、幼いショアであった。

「これからは毎日、私が採集してあげよう。自分で触ってはいけない。したくなったら私に言うこと。わかったね？」

「……はい」

戻ってきたエルリンクに後始末をしてもらい、やさしく、けれど拒絶を許さない口調で命じられ、しかたなくうなずいた。嫌だと抗《あらが》えば冷たくされる。無視されたり抱きしめてもらえなくなるくらいなら、恥ずかしさに耐える方がずっといい。

特効薬開発に必要だという理由で精液《せいえき》を採集される行為は、やがて身体をつなげる段階にまで発展した。

エルリンクが特効薬開発の指揮を執《と》っている第三研究室には、五つの実験室がある。一番奥まった場所にある第五実験室には、余人《よにん》が許可なく立ち入ることはできない。ショアのはじめての性交はその第五実験室で、データ採取用にいくつもの電極を装着させられ、所員が見守る中で行われた。

相手はエルリンク。彼の前に別の女性所員相手に行為を促されたが、ショアの性器は萎《い》縮《しゅく》してしまい結果は惨憺《さんたん》たるものに終わったためだ。

実験という名の下、養父に抱かれた日のことをショアは忘れない。恥辱《ちじょく》と、生まれてはじめての悦楽《えつらく》と、苦しさと愛しさと切なさを、同時に体験した日のことを。

乳白色の窓がやわらかく陽光をさえぎり、あわい翳《かげ》りが室内にあるすべてのものの輪郭《りんかく》をにじませていた。

窓寄りに置かれたデータ採取用の寝台に全裸で横たわり、いくつもの電極や測定器を取りつけられるのは何度も経験済み。けれど、薄い上掛けの代わりにエルリンクが覆い被さってきたのははじめてだった。

「エリィ…、何してるの？」

穿刺《せんし》針の具合を確かめたあと、銀髪の研究者はショアの頬に触れ首筋をたどり、胸の淡い徴《しるし》を刺激してきた。

「…ん…っ」

「力を抜いて。いつものように、私に身をまかせるんだ」

「え？　だって…」

指先やこめかみ、項《うなじ》や心臓、身体の各所につけられた電極。そこから伸びる色分けされた細い線は、寝台わきに置かれた集積機に続いている。そして集積機の裏から伸びる何本もの太索《ケーブル》は、部屋の一面を占める濃灰色の半鏡壁《はんきょうへき》の向こうに消えていた。

そこに第三研究室の所員が待機していることをショアは知っている。半鏡壁は、こちらから向こうは見えないけれど、向こうからこちらはよく見えることも。

「ま、待って…エリィ。だって」

これは何かの実験なのか。みんなが見ている前で『あれ』をするつもりなのだろうか。

ショアが混乱している間に、エルリンクの長い十本の指は、やわやわと身体の輪郭を確認するようになぞり、やがて下肢の付け根でひっそりと息づきはじめた性器に触れた。

「……やッ」

いつものようにエリィのひんやりとした手のひらに自分自身を包みこまれ、感じやすい先端を親指で擦《こす》られかけて、ショアはあわてて半身を浮かせ男の手首にすがりついた。

「ゃ…、やだっ！　エリィ以外のひとに見られながらなんてやだ…」

ささやき声で許しを請《こ》うと、銀の睫《まつ》毛《げ》に縁《ふち》取《ど》られた切れ長の目元が、かすかな笑いの気配とともにゆるむ。

「今日は、あの壁の向こうには誰もいない。この部屋には私と君だけだ」

すがりついた両手を外し、ゆっくり身体の両側に縫《ぬ》い止めながら近づいてくるエルリンクのささやき声に、ショアはほっと力を抜いた。次の瞬間、ぬめりを帯びた指先が排泄口《はいせつぐち》である窄《すぼ》まりに押し当てられる。

「な、…に？　エリィ、何？」

粘膜《ねんまく》が収縮《しゅうしゅく》している入り口をなぞり、爪先が半分ほどもぐり込んだかと思うと、すぐに出てゆく。くり返される動きはわずかだが刺激は背筋を伝わり、後頭部で無数の白い泡沫が弾けて指先まで拡散してゆくようだ。

「エ…リィ…、エリィ…！　待って、いやだ、触らないで…ッ」

それ以上はいやだ。ずり上がり身をよじろうとして、腿をつかまれ引きずり戻される。

白くて細い神経質そうな五本の指に胸を押し返され、意識がわずかにそれた瞬間、後口にぬるりと指がもぐり込む。

「うあ…――」

「指ははじめてだったな。内視鏡は入れられたことがあるから、それほど驚くことはないだろう？」

ショアの体内に指を押し込んだまま上体を寄せてきたエルリンクが、耳元で少し意地悪くささやく。

「い、い…っ、や」

「固い器具などとちがって私の指だと思えば嬉しいだろう。ほら、こうして中をやさしく撫でてあげよう」

汗で額に張りついた前髪をエルリンクの左手がやさしく撫でてゆく。同じ動きで後口に差し込まれた指が蠢《うごめ》き、わずかに曲げられ、そのまま引き抜かれてショアは悲鳴を上げた。

「やっ――、動かさ…ないで」

懇願は無視され、再びぬめりをまとった指先が押しつけられる。今度は二本。入り口をめくり上げるようにして第一関節まで入り込んだあと、一拍置いてぐるりと回転する。

仰《の》け反《ぞ》る胸を押さえつけるようにエリィの胸が重なる。ひんやりとした布の感触に薄く目を開けると、汗まみれで喘いでいる自分の胸の上に、エルリンクの整った顔がある。

普段はわずかな乱れもなく端然《たんぜん》としている銀細工のような髪が、ひと筋乱れて額に落ち、淡い影が生まれる。よく見れば彼のこめかみにもうっすらと汗がにじんでいた。

「エリ…ィ」

手を伸ばし、養父の首筋にすがりつく。下肢で蠢く不埒な指の動きと、布越しに感じる熱。乱れた銀の髪に胸が痛いほど高鳴る。

エリィの首筋にしがみついたショアの両手は、後口を抉《えぐ》られるたびに肩から背中をさまよい、小刻みに抽挿《ちゅうそう》をくり返され腔壁《こうへき》をこね回される刺激に胸を叩いて抗議したあと、最後に救いを求めて再びしがみついた。その腕をそっと外され、胸の突起を摩擦していた布の感触も離れてゆくと、羞恥を上回る不安が生まれた。あわてて目を開ける。

「…エリィ？」

温もりが遠ざかると同時に、しびれるほど抜き差しをくり返していた指がようやく出てゆく。ほっとして下半身へ目をやると、中着の裾の向こうで何度か動いたエルリンクの両手が、ショアのひざ頭をつかんだ。

「これから、愛が君の抗体に及ぼす影響を調べる」

「え…？」

「君は私が好きだろう？　私がいなければ死んでしまうくらい慕っている。世間ではそれを愛と呼ぶらしい」

「愛…」

丸い響きを持つ言葉は、すんなりショアの胸に吸い込まれた。

「こうして、ここを擦られると気持ちよくなるだろう？　それから腰がいやらしく動いて――」

「や、それ以上言わない…で」

最初に受けた愛撫と後腔への刺激で、ショアの性器は痛いほど張りつめている。そこを再びやんわり撫でられると、エリィの言葉通りショアの腰は逃げながら誘うように蠢いてしまう。指とはちがう、もっと強く直に感じられる温もりを懸命に探そうとしている。もっともっと。求める気持ちばかりが上すべりして、何をどうしていいのかわからない。救いを求め涙でにじんだまぶたを上げると、

「脚をもっと開いて。…もっと」

裸などもう何度も見られているのに、淡い光の中で身体の一番奥まった場所をエリィの視線にさらすのは勇気が必要だった。

言われるまま大きく開いた脚の間に、着衣のままの男が割り入る。これまでさんざん刺激を受け、潤滑剤らしい粘液《ねんえき》で濡れそぼったそこに熱をはらんだ塊が押し当てられた。

「…ひっ…ぅ」

指とはちがう硬さと質量。独特の感触はショアの身体にもついている器官だ。

とっさに閉じようとした腿はエリィの身体に阻《はば》まれた。腿の内側で白衣のひんやりとし

た感触がすべり、なめらかな生地はショアが身悶えるたびしわくちゃになってゆく。

唯一の慰めは、釦を外したエリィの白衣がシーツの代わりに身体を覆ってくれること。

熱のこもったわずかな空間に、ぬちゅ…と粘度の高い水音が淫靡《いんび》に響く。恥ずかしさのあまり両手で顔を隠し歯を食いしばるショアの耳に、わずかに乱れた呼吸、けれど冷静な指示が与えられる。

「力を抜いて、息をしなさい」

名を呼ばれ重ねて促され、ショアは懸命に息を吸い、吐いた。もう一度とくり返されるたび、陸揚《りくあ》げされた魚のように哀れに喘ぐ。呼吸に合わせて、後口に押しつけられた異物《いぶつ》がぐっぐっとめり込んでくる。そのたび、唇が震えて涙がこぼれた。

「痛いのか？」

涙に気づいたエルリンクが動きを止めた。

「い、たくない…けど、苦しい……」

小さく首を横にふると、その拍子にこぼれ落ちた涙が敷布《しきふ》にかすかな音を立てた。

涙でぼやけた視界に、白衣の裾から飛び出した痩せた自分の素足が映る。再開した男の動きとともに二本の脚もゆらゆら揺れた。

「苦しい」というショアの泣き言を、エルリンクは聞き入れ考慮してくれたらしい。無理に押し入ろうとする圧迫感は薄れ、代わりに小さな渦のような動きがはじまる。

「あ…っ……ぅ」

ときどき混じる小刻みな抽挿と、波間に漂《ただよ》うようなゆるやかな揺籃《ようらん》。刺激が一番大きく伝わる入り口の敏感な粘膜を、何度も何度もくり返し擦られてショアは我を忘れた。

そこがまるで別の生き物のように収縮をくり返している。意志では制御《せいぎょ》できず、ぎゅ…ぎゅ…としぼり込んでしまうたび、エルリンクも息をつめショアの両脚を抱え直した。

互いに、まるで一番楽な姿勢を探すように蠢きあい、無言の攻防《こうぼう》をくり返す。腰を軽く抱え上げられた状態で浅い抽挿を繰り返されると、身体の奥で泡沫に包まれたような浮遊《ふゆう》感《かん》と、酸に触れたような痺れが生まれる。

「い、やっ！　エリィ、そ…れはや…だ！」

五感の全てが消し飛ぶような鋭い刺激が快感だと、世俗を知らない少年にはまだわからない。生まれてはじめての感覚が怖くて、ショアは泣きながらエリィをなじった。

「わかった、もう少しゆっくりしよう。これならどうだ。ん？」

泣く子をあやすような口調でエルリンクは動きをゆるめ、それでもショアのまだ幼い性器が極まるまで、容赦なく抽挿を続けた。

「エリィ、い、や…だめ。……だ…め」

息も絶え絶えに救いを求めて伸ばした腕ごと抱き寄せられ、なめらかな銀髪を頬に感じた瞬間、ショアは体内を他人に犯される刺激だけではじめて射精した。

『この部屋には私と君だけだ』

やさしくささやいたエルリンクの言葉は嘘だった。本当は複数の所員がショアの初体験の一部始終を見守り、刻々と変わる身体データを記録していたのだ。そのことをショアが知るのはさらに何度か抱かれたあと。行為の最中に半鏡壁の可視率《かしりつ》が変化して、壁の向こうの分析室が丸見えになった時だ。

騙されたことに気づいたショアは、はじめてエリィに反抗した。

口を利かず、食事も摂《と》らず、彼を避けていくつもの部屋を隠れまわる。拗《す》ねに拗ねた少年がようやく機嫌を直した理由は、やはりエルリンクに嫌われたくないからだった。

一通りショアの怒りと反抗を受け止めると、エルリンクはそれ以上の拗ねた態度や甘えを許さなかった。ショアが彼を無視すれば、それ以上の冷淡さで少年を無視する。

結局、他に頼る者のいないショアが音を上げることになる。

独り寝の寂しさに耐えかねてエルリンクの部屋を訪ね、わがままを言ってごめんなさいと謝る。そうして頭を撫でてもらい抱きしめられ、温かな腕の中で許してもらえた安堵《あんど》の吐息とともに眠りにつく。

限られた空間と価値観の中で育てられたショアには、自分の感情も行動も、全て養父の都合の良いように操られていることになど気づけるはずがなかった。

「性的快感と興奮、絶頂時の至福感によって被検体《ひけんたい》の持つ抗体がどう変化するか、免疫系《めんえきけい》や生体成分がどう変わるのか調べることは、今後の開発に重要な要素となるだろう」

ショアがエルリンクとの行為に心から喜びを感じるとき、体内で生成された抗体は通常時よりも活性化しており、採取後の効力も持続するという。そうした事実を理由に、エルリンクに抱かれる日々が何年も続いた。

行為以外に、相変わらず体液や血液、内臓組織などの採取も続いていた。開発室長であるエルリンクが立ち会う他に、あまり見覚えのない所員によって一日に二度三度と採取される日もあった。

そうした過剰な採取は、ショアの体調が崩れたことをきっかけに禁止されるまで続いた。

ショアは朦朧《もうろう》としながら、エリィと言い争う男の声を聞いたことがある。

——クラウゼ評議員とトリノ副議長に鼻薬を嗅《か》がせておけば次の大会議で我々の要求が通りやすくなる。特にトリノ副議長には幼いひとり娘がいる。恩を売っておけば、どれだけの見返りが期待できるか。

——所長の言い分も理解できますが、そうやって次から次へと手当たり次第に目をつけた要人たちにあの子の生体を与えられては、命が危うくなる。彼に死なれたら元も子もなくなるのですよ。

——しかしだな、もう約束してあるのだよ。

――両議員には私から事情を説明します。それから今後ショアの扱いについて、私の許可の無い限りいかなる行為も慎んでいただきたい。

――…彼は研究所の共有財産だろう?

――正式には私の養子です。養父である私の権限で研究所に貸与しているだけです。

――なるほど。それが第一発見者の強みというものか。

さらに数年後。

ショアが十九の年に、エルリンク・クリシュナはついに水腐病特効薬の生成と大量生産に成功し、多くの称賛《しょうさん》と感謝の言葉に包まれた。脚光《きゃっこう》を浴び、人類の救世主として称賛され、華々しくも多忙な日々を送るエルリンクとは対象的に、ショアは存在そのものを隠《いん》蔽《ぺい》され、研究所の奥まった一室に半ば軟禁状態のまま放置された。

以前より良くなったのは、養父の許可がなくても自由に資料室を閲覧《えつらん》できるようになったことくらいか。孤独と無力感に蝕《むしば》まれ、気が狂いそうな寂しさの中、ショアは書物や記《ディ》録《ス》盤《ク》に慰めを求めた。それらはショアを裏切らない。ショアがどんな気持ちで読んでも、眺めても、態度を変えることはない。

ショアのお気に入りは銀灰色の髪と碧い瞳を持つ、明るく頼もしそうな青年が出てくる記《ディ》録《ス》盤《ク》だった。――彼の名は…。

「グレイ…」

自らのつぶやきでショアは夢から覚めた。

泣きすぎたまぶたが腫《は》れて、うまく目が開かない。昨晩グレイに追い返され、萎《な》えた心と身体で孤独な部屋へ戻り、発作の苦痛に耐えている内に眠ってしまったらしい。

埃《ほこり》っぽい床から身を起こすと、身体中がぎしぎしと痛んだ。それをどこか他人事のように感じながら、早朝の白々《しらじら》しい光を浴びてきらめく埃をぼんやり眺めた。

洗面台は使われなくなって久しいらしい。乾いてヒビの入った盤《おおざら》に水を満たしながら、ショアは曇《くも》った鏡に映るみじめな自分を見つめた。乾いて血の固まった頬のかすり傷。服を脱いで背中を映すと、左側の肩胛骨《けんこうこつ》近くが内出血を起こしていた。手を伸ばし触ってみると鈍い痛みが広がる。

腕の傷は少し深いけれど、放っておいても構わないだろう。治ってしまえば身体中に散らばる無数の傷痕にまぎれてしまう。そんな程度の傷だ。

そのまま古い傷痕をたどるうちに、過去の夢の余韻《よいん》がひたひたと押し寄せる。

エルリンクにも『いらない』と言われ、グレイにも嫌われた。

「僕が…悪いのかなぁ」

好きになって、愛情を求めた相手に見捨てられてしまうのは、やはり自分に問題があるのだろうか。もっと魅力があれば、どんな理由があったとしても簡単に捨てられたりしないのではないか。

昨夜のグレイの冷ややかな態度を思い出すと、エリィに不要品扱いされ、見捨てられたときの悲しみまでよみがえる。

「やっぱり、好きなってもらえる価値が僕にないだけなのかな…」

エルリンクひとりに理不尽な扱いを受けただけなら、ここまで自分を卑下《ひげ》することは無かっただろう。けれど一時は自分を受け容れてくれたグレイにまで徹底的に嫌われたことで、ショアの自尊心は粉々になった。

『本当に役に立たない人間なんていない。人は誰かを支えるために生まれてくるんだ。支えて支えられる。無駄な命なんてない』

そう言って慰めてくれたグレイの言葉を虚しく思い出す。

自分に何らかの価値があるとは到底思えない。この先、誰かに必要とされる日が来るとも思えない。

ショアの身体で生成された抗体は万人の命を救うために役立った。そのことでショアの存在価値の残量は零《ゼロ》になったのかもしれない。そんな支離滅裂《しりめつれつ》な考えが、説得力を両手に抱えて胸に住み着く。

汚れて曇った鏡の中で、泣きすぎて赤い瞳の青白い顔が頼りなくつぶやいた。

「仕事、行かなきゃ…」

痛む身体と壊れかけた心を引きずり採掘現場《パイン》へ出勤したショアを最初に出迎えたのは、仲間たちの冷ややかな態度と視線だった。

ショアの出自はグレイとタフタフだけでなく、他の仲間たちにも知れ渡ったらしい。

——そういえば、他にも手紙が何通か届いていたって言ってたっけ。

ただし、エルリンクの肉体関係を暴いた写真はグレイだけに届いたらしく、それについて問いつめられることはなかった。

いったい誰があんな手紙を送りつけてきたのだろう。自分の過去を知っているのは研究所と評議会特別査察官だけのはずなのに。

「僕をアストラン《地上》の間諜に仕立てて得をする人間なんて、いるんだろうか…」

何かの陰謀《いんぼう》に巻き込まれたのか。考えてみても答えは出ない。

突き刺さるような班員たちの視線に耐えながら機械室の扉を開けると、待ちかまえていたらしいロアンに入室を止められた。

「ショア。…言いにくいんだがな、班長の指示で、おまえさんの機械室への出入りは禁止になった」

「え…」

「理由は、言わなくてもわかる…だろ？」

ばかみたいに真っ直ぐ見返した視線の先、ばつが悪そうに語尾を濁《にご》したロアンの言葉に、部屋の奥から飛んできたキールの声が重なる。

「第三格納庫の清掃係に移動だってさ。ま、解雇《かいこ》されるまでの数日間だけだろうけど」

第三格納庫は故障したり不具合が出て、修理の目処が立たない機材を保管しておく場所だ。別名『物置』。

「あの…、グレイの指示っ…て？」

「この部屋は」と言いながらロアンは扉を後手《うしろで》に閉め、ショアを通路の端へ連れて行った。

「採掘量以外にも、いろいろ情報がやりとりされてる場所だろ。おまえさんは、その…、昨日妙な手紙が届いて、研究所から派遣されて海底都市のことを探ってるという噂が」

「ちがいます」

はっきり否定すると、ロアンは逸らしていた視線を戻した。

「…ああ。俺もそう思うよ。だけどな、あの妙な手紙の内容を信じた奴らは多い。班長も、あんたが研究所出身なのはまちがいないって言うし…。それって、本当なのか？」

項のあたりをしきりに撫でながら困ったようにたずねるロアンに、ショアは覚悟を決めてうなずいた。

「僕が、研究所出身なのは本当です。黙っていてごめんなさい。でも、海底都市の動向《どうこう》を探っているというのは嘘です」

「そうか」

複雑な表情でロアンがまぶたを閉じると同時に、背後の通路からグレイが現れた。

「ショア・ランカーム。主任と本部長が呼んでる。ついて来い」

抑揚を抑えた普通の声に、ショアはかすかな期待を込めて男のあとを追いかけた。

居住区行きとは反対側の透明トンネルで誘導電動車輌《リニア・カーゴ》に乗り込むと、ふたりきりの車内に張りつめた沈黙が落ちる。

「あの…、グレイ」

「話かけるな」

腕を組みショアから顔を背け、外を眺めているグレイの返事はやはり素っ気ない。

「話を…」

聞いて、と開きかけたショアの唇は、怒りを秘めた強い視線に封じられてしまった。

ひざの上でにぎりしめた拳が白くなる。うつむくと前髪で隠れた目元が緊張のせいで小さく痙攣《けいれん》しはじめた。指先でそっと押さえるとグレイの視線を頬に感じ、そろりと目を上げかけたとたん、ぷいと横を向かれる。

詰《なじ》られたり責められた方がまだましかもしれない。こんな風にあからさまに無視されるのはとても辛い。

おまえなんかどうでもいい。もういらないと、無言で思い知らされている気がする。

拷問《ごうもん》のような気まずさに耐え、一時間ほどかけて移動した先は、海面から海底まで水中を貫《つらぬ》いている筒状《つつじょう》の建造物。

美しい幾何学模様を描く梁《トラス》や吊材《つりざい》に支えられた透明板《クラルス》の中にある北海採掘舎本部事務所の前で、グレイに示された扉を開けたとたん、駆け寄ってきたレノに抱きしめられた。

「ショア…！　無事でよかった」

「レノ…。どうして貴女が？」

「グレイ氏と採掘舎協会から問い合わせがあったの。まったくばかげた中傷文《ちゅうしょうぶん》がばら撒《ま》かれたものだわ」

呆れたように肩をすくめて見せた彼女の手には、昨日タフタフに見せてもらったものと同じ手紙がにぎられていた。

レノに促されソファに座ると、ふたりの男性に紹介された。がっしりした体格で年輩の方が北海採掘舎の本部長、ひょろりと細長い四十絡みの方は、グレイ率いる五班を含めたいくつかの採掘現場を統括《とうかつ》している主任だと名乗った。

ふたりに手紙の真偽《しんぎ》を確認されたショアは、ロアンのときと同じ受け答えをした。

「では、この手紙の差出人に心当たりは」

「…ありません」

「その件に関してはこちらで調査中です。詳しくは話せませんが、ショア・ランカームは研究所の協力者というより被害者と言った方が正しい。身元は特別査察官である私、レノ・ヤンバースが保証します。彼が自ら就業《しゅうぎょう》を望んでいる以上、中傷を理由に解雇《かいこ》するような行為は控《ひか》えていただきたいのです」

おっとりとした外見とは裏腹に、レノはてきぱきと本部長と主任を諭していった。へたに何かを喋ろうとするといつ発作が起きるかわからない。ショアは息をひそめて釈明をレノに任せ、その間ずっと背後に座っているグレイの反応を気にしていた。

研究所の間諜《かんちょう》だというばかばかしい疑いが晴れたら、以前のようにやさしいグレイに戻ってくれるだろうか。

後ろをふり返って見る勇気はない。

目の前の硝子卓《ガラステーブル》に置かれた金属製の花瓶に視線を落とす。そこに映ったグレイの姿は奇妙な形に歪《ゆが》みすぎて、表情まで読みとることはできなかった。

「嘘をついて、ごめんなさい…」

帰路の車内でショアは、最初に出身を聞かれたときとっさに偽《いつわ》り、さらにレノまで巻き込んで嘘の上塗《うわぬ》りをしたことを謝った。

無言で腕を組み、黙想《もくそう》していたグレイのまぶたがわずかに開く。

「き、嫌われたくなかったんだ」

「それはもういい。『事情』があるんだろ」

もういいと言いながらどこか半信半疑な声。

グレイが納得していないのは、よそよそしいままの態度が物語っている。このまま彼の信頼を取り戻すことはできないのだろうか。

「グレイ…お願い、僕を信じて」

「じゃあ聞くが、あの銀髪野郎は何でおまえを迎えに来たんだ？」

「――知…らない」

「あの写真の意味は？　あいつとつき合ってたんだろう？」

「それは……」

ショアが口ごもるとグレイは大きな溜息を吐き、視線を逸らした。

「おまえは俺に、本当のことを話す気なんてないんだろ？　すかした銀髪野郎がおまえの上司なのか恋人なのか知らないけど――」

疲れとあきらめのにじんだ声がいったん途切れ、溜息がひとつ。そして今度は切なさの混じった声が続く。

「俺は何度もおまえに聞いたよな？　困ってることがあるなら助けになる、相談に乗るからって。だけどおまえは『何でもない』って言うばかりで、あいつの話題になると頭が痛いと言って黙り込む」

「それは…」

「俺を信じてないのはおまえの方だ」

静かな断定の言葉の奥に、傷ついた男の本音が透《す》ける。

「ちがう…！」

「ちがわない。俺は二股《ふたまた》かけられるのもごめんだし、浮気を楽しむ尻軽《しりがる》も大嫌いだ」


採掘舎事務所から戻ったあと、ショアにかけられた間諜容疑について、五班の仲間たちにはグレイの口から直接説明がなされた。

「ショアが間諜ではないということは、評議会特別査察官が保証してくれた。ただし、研究所出身であることは事実だ」

その結果あからさまな非難や排他《はいた》行動は減ったものの、水面下では様々な憶測《おくそく》が飛び交い続けた。そうした状況をグレイは黙認《もくにん》した。誰かにショアのことを聞かれれば事実だけを告げ、噂に荷担《かたん》することも否定することもしない。ただし、ショアへの態度が以前に比べて素っ気ないことは誰の目にも明らかだった。

班員五十名の半分はショアを避けるようになり、四分の一は遠巻き、残り四分の一が辛《かろ》うじて普通に接してくれるという状態となった。

そして、ショアの担当は機械室から第三格納庫に変更されたままであった。

7　「重波《しきなみ》」

――そろそろ孤立無援《こりつむえん》に陥《おちい》ったショアに、里心が生まれた頃だろう。

エルリンク・クリシュナは手に入れたばかりの所長室の椅子に身を沈め、窓から外界を見下ろした。

ショアが身を寄せている北海採掘舎宛てに何通か手紙を出した。もちろん、身元がばれるようなへまはしない。手紙は評議会が運営する情報局の書式を踏襲《とうしゅう》してある。事情を知らない者には、研究所の動向を探っている局員が、何らかの意図を持って送りつけたように見えるだろう。

前任者の悪趣味を一掃《いっそう》し、無駄を省《はぶ》いて機能的に整えられた室内に視線を戻すと、エルリンクは立ち上がり、乱れていない銀髪をひと撫でしてから外出の用意をはじめた。

本当はもっと早く迎えに行きたかったが、所長就任にともなう会見や会合、前任者の派閥《はばつ》のあぶり出しや足場固めに忙殺《ぼうさつ》された。

頭の隅には常に、ショアの頭に埋め込んだチップの存在が警告灯《けいこくとう》のように瞬《またた》いている。

「あの下衆男《げすおとこ》、サンミルめ」

諸悪《しょあく》の根元《こんげん》である前所長サンミルは、特効薬開発に成功したエルリンクの名声を嫉《ねた》んでいた。内外から寄せられる、エルリンクを新所長にという要望にも神経をとがらせていた。

そうして己の地位を奪われる危機感をつのらせたあげく、ショアの存在と生体実験の実態を特別査察官に密告したのだ。条約で禁止されている実験の汚名を、すべてエルリンクに被せるつもりで。

確かに、四海評議会で禁止されている生体実験を十五年も秘密裏《ひみつり》に行ってきたことは、十分非難の対象となるだろう。

だが本当に知られてはならないのは、特効薬生成の成功前にショアの生体を使って何度も試薬を作り、密《ひそ》かに一部の高官たちへ売りつけていた事実だ。

サンミルとエルリンクはその見返りとして、それぞれ地位と発言力の強化を図っていたが、最終的には特効薬開発者として名を馳《は》せたエルリンクが恩恵《おんけい》を独占することになった。

窮鼠《きゅうそ》猫を咬《か》むの行動に出たサンミルの裏切りに気づけなかったエルリンクは、秘密の漏洩《ろうえい》を防ぐため、提案されたチップ埋め込みに同意してしまった。

それがとんでもないまちがいだったと気づいたのは、ショアが消息を絶ったあとだ。

『君が養い子に自ら埋め込んだあのチップには、秘密の仕掛けがあってね。…ある言葉を口にすると自己融解《じこゆうかい》を起こす。なあに、融解時に起きる衝撃などささいなものだ』

たぶついた腹をぶるぶる震わせて笑いながら、サンミルは太い親指と人差し指の間で小さくものが弾けるしぐさをしてみせた。

体外ならかすり傷を負う程度の衝撃。しかし脳内で起きれば、ほぼ確実に死を招く。

『その言葉は何だ？　解除する方法は』

つめ寄ったエルリンクの必死さをせせら笑い、前所長は姿を消した。自分を追い落とした敵手《てきしゅ》の焦燥《しょうそう》を心底楽しむ哄笑《こうしょう》を残して――。

最上階から専用の昇降機を使い、地上に降り立つと同時に歩みが自然に早くなる。今この瞬間にも、何がきっかけでチップが融解するかわからないからだ。

色の濃い眼鏡と帽子で顔をかくし、エルリンクはショアのいる海底都市へと向かった。

レノ・ヤンバースに呼び出され、採掘ドーム跡にやって来たショアは不安になった。人気のない採掘跡地は、すでにすべての建物が撤去されており、残土の小山と無数の窪《くぼ》地《ち》以外は何もない。陽光転照装置も取り払われているので薄暗く肌寒かった。

場所をまちがえたのだろうか。レノからの手紙を確認しようと視線を落とした瞬間、

「約束通り迎えにきた。ショア、来なさい」

残土の影から現れたのはエルリンクだった。

――騙された。

薄闇のなかできらめく銀髪をひと目見るなり、ショアは逃げ出した。しかし体力の落ち

た身体は簡単に追いつかれてしまう。伸びてきたエルリンクの手を避けてふりまわした腕を強引につかまれると、胸の中で怒りが弾けた。

「嫌だ！　研究所に…、エリィのところに帰るくらいなら死んだ方がましだ…ッ」

渾身《こんしん》の力を込めて抵抗すると、手首のしめあげが一層きつくなる。

「拗ねて駄々をこねていたら本当に死んでしまうかもしれないんだぞ！　君の頭に埋めたチップは殺人機械だ。キーワードで」

「殺人機械って……なに…？」

信じられない言葉に抵抗を止め、呆然とエルリンクを見返すと、彼はハッとしたように唇を閉ざした。鬱血《うっけつ》するほど強くつかまれていた腕がわずかにゆるむ。

「サンミルの陰謀だ。チップは君が特定の言葉を口にした瞬間、融解する。そのときの熱と衝撃は脳の一部を確実に破壊する」

「そ…んな」

「私がわざわざ迎えに来た理由が理解できたか？　さあ、早くアストランに戻るんだ」

「や…、い…や」

「大丈夫だ。摘出《てきしゅつ》手術は私がきちんと…」

研究所に連れ戻され、エルリンクに再び好き勝手に身体をいじられることを想像したとたん、悲鳴がもれた。

「嫌……──ッ」

非道な養父の手から逃れようと身をよじる。

「静かに。落ちつくんだショア」

右手をつかまれ、左手ごと腰を抱えるようにして運ばれそうになり、ショアは身も世もなく身悶えた。

「ひどい、最低だッ！　貴方はどこまで僕を苦しめたら気が済むんだ！　ひとを何だと思ってる!?　僕はあなたの玩具《おもちゃ》じゃないっ」

「チップに殺人機能をつけたのはサンミルの独断だ。私は知らなかった」

「いや！　離せっ、はな…せ──ッ！」

怒りと悲しみで胸が破れそうだ。エルリンクが胸元から鎮静薬噴射器《ちんせいやくふんしゃき》を取り出そうとしているのに気づいて、滅茶苦茶に暴れる。

「ショア、そこにいるのか？」

突然、修羅場《しゅらば》に割って入った第三の声に、混乱しすぎていたショアは気づけなかった。

「チッ」

頭上でエルリンクの忌々しそうな舌打ちが響き、ショアがふと目を上げると誰かが近づいてくる。あれは…。

「──グレイ？」

助けに来てくれた。見捨てられてなかった。

残土の向こうで銀灰色の頭髪が揺れている。救いを求めて伸ばしかけた腕が途中で引き戻され、ショアは再びエルリンクに捕われた。

「邪魔をするな、これは単なる痴話喧嘩《ちわげんか》だ。他人の口出しは無用」

何か言いかけたグレイをさえぎり、エルリンクが宣言すると、

「——そうなのか？　ショア」

声に様子をうかがう気配が混じる。

「…が…う、ちがう」

うわごとのように喘ぎながらショアは必死に首をふり、エルリンクの腕から逃れようともがいた。けれど身をよじればよじるほど腕がからみつき、体力の落ちているショアの身体は易々《やすやす》と抱きしめられてしまう。

「嫌…。グレイ…助け」

語尾がエルリンクの唇に吸いとられる。

「——…ッ！」

息を呑《の》むショアの視界の隅で、グレイが大きく身動いだ。

「ぁ…。や……」

唇に噛みついて逃げようとしたショアの動きを巧《たく》みにかわしたエルリンクは、項をきつ

くつかんで固定し、さらに深く口中を探ってきた。右腕が自由になったと思った瞬間、下肢に伸びた手のひらに性器を思いきりにぎりしめられ、痛みのあまり力が抜ける。殴りつけようとしていた右手で、ショアはとっさにエルリンクの肩にしがみついてしまった。

薄暗い場所での一連の動作は、端《はた》から見れば恋人同士のじゃれあいにしか見えなかったのだろう。そのことに、ショアはグレイが姿を消したあとで気がついた。

「ふん。ようやくあきらめたようだな」

エルリンクの声とともに、ショアはその場に崩れ落ち、先刻までグレイのいた場所を呆然と見つめた。今はただ湿《しめ》った土の塊があるだけの場所を。

「ショア、来なさい」

差し出された手をふり払い、ショアは自力で立ち上がった。よろめきながら素直に従い歩くふりをして、大きな窪みの縁に近づいた瞬間、にぎりしめていた土塊を思いきり銀髪めがけて叩きつけた。

「な…ッ」

男がひるんだわずかな隙をついて体当たりすると、エルリンクは体勢を崩し、そのまま窪みに転がり落ちた。

「ショア！　本当に死んでもいいのか」

走って逃げる背中に養父の叫びがからみつく。ショアはふり返り、窪みの中に向かって叫び返した。

「貴方の元に戻るくらいなら、死んだ方がましだ」

エルリンクの手を逃れ、なんとか居住区に帰り着いたのはずいぶん遅い時間だった。

照明もろくにない古びた廊下の途中でショアはふと立ち止まり、

「…誰？」

暗くて判然としないが、部屋の前に人影がある。もう一度声をかけると、影はゆらりと身動いで声を発した。

「――あいつについて行かなかったのか」

「グレイ…！」

驚きと嬉しさ、それを上回る怖さで思わず身が強張《こわば》る。

心配して来てくれたのだろうか。そんなはずはないと思いながら、わずかな希望にすがってしまう。胸が、痛いほど疼く。

「あの、中に入って」

「いやここでいい」

急いで扉に駆け寄るショアを制したグレイの視線が、手元に落ちる。

「鍵、かからないのか？」

「え？　あ、うん…。盗られるようなものは、何も無いから」

見られて困るものもない。そう告げると、グレイは何か言いたげに目を細めたが、口にしたのは別の話題だった。

「ひとつだけ言っておきたいことがある」

仕事のときと同じ私情を交えない口調。

薄闇《うすやみ》に慣れた瞳でグレイを見上げると、眉間の縦じわが不機嫌そうに深くなる。

「おまえが誰とつき合おうと自由だけどな、上の人間と逢い引きするなら、あんな怪《あや》しげな場所は避けろ。間諜容疑が晴れても、おまえを疑ってる人間は大勢いるんだぞ」

そんなことを言うために、わざわざ帰りを待っていたのだろうか。何かを期待しかけた自分が滑稽《こっけい》に思えてショアはうなだれた。

「ちが…。グレイ、ちがう」

「それから恋人との痴話喧嘩にいちいち俺を巻き込むな。捨てられたとか言ってたわりに、向こうはご執心《しゅうしん》じゃないか。それに、おまえだって満更《まんざら》でも無さそうだったし」

「……ち」

ちがうと否定するために伸ばしかけた指先を、ショアはきゅ…とにぎりしめ、そのまま胸元に引き戻した。両手で押さえていないと今にも張り裂けてしまいそうだ。視界がぶれて耳鳴りがする。

——ちがう、そうじゃない。恋人じゃない。僕は利用されていただけなんだ！

叫びたいのに、喉は綿をつめられたようにかすれた息しか吐き出せない。

黙り込んでしまったショアの頭上で、グレイは憤懣《ふんまん》やるかたないという溜息を吐いた。

「……それは否定しないんだな」

かすれた小さなつぶやきがよく聞き取れず、ショアがそっと視線を上げると、グレイは強くにぎりしめた拳を思いきり背後の壁に叩きつけた。

「あいつとの仲を修復するための当て馬だったのかも知れないけどな、そういうことに二度と俺を利用したりしないでくれ！」

本当に愛想を尽かしたのなら放っておけばいい。無視すればいい。それができずにわざわざ言いがかりめいた文句をぶつけに来ること自体、グレイがまだショアに執着《しゅうちゃく》している証拠だ。けれどそんなことはショアにはわからない。男の悔しそうな口調も、無意識に反論を期待している挑発《ちょうはつ》めいた言葉の意図も、ショアには読みとることができない。

「俺もおまえにはもう関《かか》わらないよ」

身勝手な宣言を突きつけて去ってゆく男の後ろ姿を、ショアは何も言えないまま見送ることしかできなかった。

自分が好かれるに価《あたい》しないつまらない存在だという思いは、ショアの魂《たましい》の深い場所にしっかり根づいてしまった。

それでもかつて教えられた『無駄な命などない』というグレイの言葉に、ほんのかすかな希望を見出し、彼の信頼を——恋人とは言わない、せめてひととして——取り戻すためにはどうすればいいのかを考え続ける。

明確な答えは見つからないものの、せめてグレイの役に立ちたいと、ショアは与えられた仕事を全うするべく精一杯努力を続けた。

朝から晩までひとりきりで第三格納庫に放置された機材を磨き、修理できそうなものを見つける。整備士に頼んで借りた資料を頼りに、試行錯誤《しこうさくご》を重ねる内に送泥装置《そうでいそうち》のひとつが息を吹き返した。それをきっかけに第二格納庫の整備士たちと交流が生まれ、少しずつ信頼が回復してきた。

差出人不明の手紙が送りつけられてからひと月が過ぎた頃、エルリンク・クリシュナの新所長就任の公告《こうこく》が大々的に流れた。ショアの恋人だと信じ込んでいた『銀髪野郎』の正体がわかったはずのに、グレイからは何の反応もない。

それが自分に対する興味と関心の喪失《そうしつ》を表しているようで切なかった。

さらに数日後。ほとぼりが冷め、ようやく機械室への復帰を許されたショアが目にしたものは、グレイの横に寄りそうキールと、彼をやさしく見つめる男の姿だった。

「最近つき合いはじめたらしいな」

呆然とするショアの耳に、少し寂しそうなロアンの声が流れ込む。

「キールはずっと班長を狙ってたからな。あんたとダメになってチャンスだと思ったんだろう。猛攻《もうこう》かけられて班長もほだされたんじゃないかね。キールはきつそうに見えるけど、一途《いちず》で可愛いところがあるし」

「そう…ですね」

それ以外、ショアには返す言葉が見つからなかった。

グレイとキールの仲睦《なかむつ》まじそうな姿を何度も見かけるようになると同時に、ショアの頭痛も頻繁《ひんぱん》になった。

二度目のエルリンクの出現や、そのとき知らされた衝撃的な事実。グレイの冷たい態度。そしてキールの存在。多くのことがショアの心を砕《くだ》く勢いで降りそそぐ。

発作以外の吐き気をともなう頭痛の原因は、精神的に追いつめられ、体調が悪いせいだとショアは思い込んでいた。そして、以前グレイに『都合が悪くなるとそうやって誤魔化す』と詰られて以来、彼の前では苦しんでいる姿を見せないよう気をつけていた。

それでも限界は訪れる。

「そろそろここでの採掘も終わりだ」

「じゃあ引っ越しですな」

「今回はかなりの良床《りょうしょう》だったから、次の現場まで長期休暇を申請しようかと思う」

各種データの総括《そうかつ》を依頼に来たグレイがロアンと立ち話を続けるのを、ショアは衝立《ついたて》の影で水圧調整の計算式を確認しながらぼんやりと聞き入っていた。手元の文字が遠ざかり、また近づいてくる。やがて鑢《やすり》を擦りつけられたような不快感が項に生まれ、耳鳴りと、もう慣れてしまった頭痛がはじまる。

自分の上体がぐらついている自覚があった。このままではグレイの傍で醜態《しゅうたい》をさらすことになる。それだけは避けたい。絶対に。

ショアは立ちあがり、なるべくしっかりした足取りで部屋を出た。グレイの横を通り過ぎるときも、表情は変わらずに済んだはずだと思う。

機械室を出て右に進み、格納庫を通り過ぎ簡易宿舎にたどり着く。ここは泊まり込みで作業する必要が出たときだけ班員が使う施設だ。無人であることを確認して倒れ込むと、あっという間に意識が遠のく。

扉を閉めないと…。

気絶寸前の夢の中、立ち上がって伸ばしたつもりの腕の先は、ぼんやりとした薄闇に吸い込まれてしまった。

——大丈夫か？

力強く温かい腕に抱き上げられて、ショアはおそるおそる薄目を開けた。視界はぐにゃぐにゃと渦巻いて形を成《な》さない。

ふいに胸が潰れるほどの切なさがこみあげて、傍にある温もりに顔を埋めた。

——泣くな。気持ち悪いのか？　すぐ楽になる。少しだけ我慢するんだ。

気遣いあふれる声に励まされて、なおさら切なくなる。

これは夢だ。都合のいい夢。本物のグレイがこんなにやさしくしてくれるわけがない。

わずかに残った理性がそう釘《くぎ》を刺《さ》す。…けれど、それでもいい。

遠い昔に失った父の腕に守られているような安堵《あんど》に身をまかせ、ショアは慰められるまま何度もうなずき眠りに落ちた。

ショアをやさしく抱きしめる幻の腕は父から銀髪の研究者、そして碧い瞳の男に変わり、やがてその全てが薄れて遠ざかると、いつしか深い闇に吸い込まれて消えた。


目覚めると同時に馴染《なじ》みのない、けれどどこか懐かしい匂いがショアの鼻腔《びこう》を刺激した。

目を開けても周囲は薄暗く、何もかもぼやけて灰色がかっている。

どこだろうここは。

はっきりしない物の輪郭。自室とはちがう。もちろんグレイの部屋でもない。

「大丈夫ですか」

声を頼りにゆるく首をめぐらせると、大きな人影がゆらゆらと近づいてきた。

「…タフタフ？」

「そう」

「どうしてそんなに身体を揺らしてるの？」

不思議に思って問いかけると、小さく笑う気配と一緒に、額に大きな手のひらがそっと置かれた。やさしく温かな、けれどグレイとはちがう感触が切ない。

「先刻まで班長もいたんですよ」

「え…」

「倒れてる君を見つけて、ここまで運んできたのも彼です。ずいぶん心配してました」

それはたぶん班長の義務としてだ。

理性ではそう判断できるのに、ショアの胸の奥は未だに未練《みれん》がましく高鳴ってしまう。

「でも、キールが迎えに来たからね」

その名を聞いたとたん、喜びは砂の器の脆《もろ》さで崩れ去った。それ以上は言われなくてもわかる。グレイはキールを優先して帰ったのだ。いつ目覚めるかわからないショアについていても仕方ないから。

「そう…」

ショアは気落ちした様子を悟られないよう、感情を込めずにうなずいた。

「ショア。こんなにひどくなるまで、どうして我慢してたんです」

「え…？」

「頭痛。もうずっと痛みが続いていたんでしょう？　なぜ、もっと早く医師に診てもらわなかったんです」

医師という言葉に思わず身をすくめ、改めてここはどこかとたずねた。

「施療院ですよ。眠っている間に、いくつか検査をしてもらいました」

頭を調べられた…。チップの存在に気づかれただろうか。身体の傷は？

ひやりと血の気が引いてゆく。ショアは視界を覆《おお》う手のひらをそっと退け、あいかわらずぼんやりとした影絵のような男を見上げた。

「そんなに心配そうな顔をしないで」

やさしくなだめられ、手をにぎり返される。

「ショア。本人に隠していては治療の妨《さまた》げになるので、教えるよう医師に言われました」

「な、に？」

「落ちついて。君の左前頭部に小さな腫瘍《しゅよう》が見つかったそうです」

「腫瘍…」

意志とは関係なくタフタフの手の中で指先がぴくりと引《ひ》き攣《つ》り、次にほっと力が抜けた。

どうやらチップの存在はばれていないらしい。

「悔しいことに、海底都市の医療水準では治療は難しいそうです」

しかし希望はある。アストラン研究所の最先端技術を頼れば、摘出手術が可能だとタフタフに告げられ、ショアは首を横にふった。

「あそこには、絶対戻らない」

どんな理由があろうとも。

再び足を踏み入れたが最後、きっとエルリンクに捕らえられる。そうしてまた何かの実験台にされるか、玩具のように扱われる。ショアの意志を無視して、操って――。

そんなのはもう嫌だ。絶対に、嫌なのだ。

「ショア、だけど」

「グレイは」

困惑を含んだタフタフの声をさえぎり、ショアは一番大切なことを確認した。

「腫瘍のこと、グレイも知ってるの？」

「いいや。彼はまだ知らない」

答えに心底ほっとする。よかった。

「タフタフ、お願いがある」

「何だい？」

「グレイには絶対…、絶対に腫瘍のことは内緒にして欲しい。病気だって知られたらきっと仕事を辞めて出ていけって言われる」

仕事は辞めたくない。たとえ嫌われていても、せめて彼の傍にいたい。

「……班長が君に素っ気ない態度を取るのは、意地になっているせいですよ」

心の声に答えたようなタフタフのやさしい慰めを、ショアは首をふることで否定した。すでにその段階は過ぎている。グレイの興味はもうキールへ移ってしまった。

「君の体調が悪かった本当の理由を知れば、グレイも反省するでしょう」

ショアが度々《たびたび》発作を起こすのは都合が悪くなったときの言い逃れだと、グレイに詰られたことをタフタフは知っているらしい。

「反省して、君への態度を改めますよ」

その可能性は魅力的だったが、同時にどうしようもなく切なくもあった。ショアはもう一度首を横にふり、静かに目を閉じた。

「もう、いいんだ。病気だって理由でやさしくされても、みじめなだけだから……」


青白い顔で眠りに落ちたショアを施療院に残し、タフタフはグレイの部屋へ赴《おもむ》いた。

ショアの出自が明らかになったときのグレイの激昂《げっこう》ぶりは、裏を返せば愛情深さの表れだ。嘘をついたのつかれたの。そんな理由で痴話喧嘩を起こすのは恋人同士の恒例行事《かんれいぎょうじ》で、下手に他人が口を出せば、よけいこじれることもある。そう思って見守る内に、グレイとショアの関係はどうにも修正不可能なところまでもつれてしまったらしい。

からんだ糸を解きほぐそうと懸命に努力していたのに、グレイから一方的に切り離され、無惨《むざん》に放り出された恋の残骸《ざんがい》を抱え、ショアはひとりで途方に暮れているように見える。

可哀想だと思う。生まれ育つ場所を選べなかったは、あの子の責任ではない。

「本当に興味がなくなったなら、やさしいふりくらいできるはずだろうに。無視したり意固地《いこじ》になるのは、まだまだ意識している証拠じゃないか」

三歳年下の上司兼親友に意見するために、タフタフはグレイの部屋の扉をそっと叩いた。

「班長、話があります」

「なんだ？　真面目な顔して」

扉を開けたグレイの肩越しに、部屋の奥がちらりと見える。相変わらず雑然とした居間のソファに、赤い髪が揺れていた。

「ここでは何なのでちょっと場所を」

「――…あいつの容態、悪いのか？」

顔色を変えて身を乗りだしてきたグレイを見下ろし、タフタフは肩をすくめた。

心配なら自分で様子を見に行けばいいのに。

喉元まで出かかった忠告を飲み込みつつ、あいまいにうなずく。

「いえ、まあ。それも含めてちょっと」

「なんだ?」

ひそりと声を低めたグレイが、外へと一歩踏み出しかけた瞬間、奥からキールの陽気な声が近づいてきた。

「あれ、タフタフ? ちょうどいいところに帰ってきたじゃん。今日は南海産の旨い葡萄《ぶどう》酒《しゅ》を手に入れたんだ。一緒に呑《の》もうよ」

赤毛の青年は、すでに一杯呑んで上機嫌らしい。グレイの腕に自然に手をまわすしぐさや声、表情に、恋した相手と過ごせる幸福感があふれ出ている。

ショアへの同情心からグレイを諫《いさ》めようとしていたタフタフは口をつぐんだ。

ショアとグレイの仲を修復しようとすれば、今度はキールの笑顔が消えてしまう。

腫瘍のことを知ったグレイが態度を和らげやさしくしても、心がすでにキールのものならショアにとっては辛い仕打ちになるだけ。やはり第三者が口出しすべきではない。

「…いえ、止めておきましょう」

グレイのもの問いたげな視線とキールの誘い、その両方を断って部屋を出たタフタフは、思わず天を仰いで溜息を吐いた。

8 「明暗光」

北海採掘舎本部事務所から再び呼び出しを受けたのは、ショアが海底都市で暮らしはじめてから半年が過ぎた頃である。

以前訪れたのは二カ月前。筒状の巨大な建造物は、相変わらず美しい幾何学模様に彩られ滄海《そうかい》を上下に貫《つらぬ》いている。事務所のあるフロアに降り立ったショアは、扉の前に見覚えのある赤毛を見つけて首を傾げた。

「あれ、キール…？」

声に気づいた青年が小気味《こきみ》よくふり返る。

「なんだ、ショアか。あんたも呼び出し喰らったのか？」

「あ、うん」

「ちぇ、何だろ。あんたと一緒に呼び出されるなんて、何だか胡散臭《うさんくさ》いよな」

何やら失礼な物言いをされている気がするが、どう返せばいいのかもわからない。ショアは中途半端《ちゅうとはんぱ》にうなずきながら扉を叩いた。入室を促す返事を聞いて、ショアよりも先にキールが踏み込む。彼はショアより二歳年下だが、行動力や話術はずっと上だ。

室内には以前と同じように、本部長と主任が待ちかまえていた。今日はそこにもうひと

り、痩身《そうしん》に鋼《はがね》の強さを秘めた初老の男性が増えている。

「四海評議会北海代表委員ラグラスだ」

初老の男は自己紹介してから本題に入った。

「今回、アストラン政府より極秘の調査依頼が入った」

他言無用《たごんむよう》と断り、ラグラスは説明を続けた。

「危険度五の汚染海域に大洪水前の非常に貴重な遺跡が見つかった。そこに埋もれているいくつかの遺物《いぶつ》と情報を回収できれば、今後人類の発展にとってどれほど大きな貢献《こうけん》となるか計り知れない。探査任務は非常に危険ではあるが、研究所はその見返りとして、現種《げんしゅ》の二倍の収穫量を見込める新しい種苗《しゅびょう》の提供を申し出てくれた」

ラグラスは少々興奮気味に、新種苗を他の三海底都市より優先的かつ独占的に入手することで生まれる利点を、キールとショアに説《と》いた。

「今回の探査任務は、非常に入り組んだ地形と汚染海域であることから、極めて高い潜水艇操縦技術が必要になる」

そこで北海採掘舎の中でも一、二を争うキールに白羽《しらは》の矢《や》が立ったのだ。

ショアの隣で赤毛の青年はわずかに身動ぎ、ためらい、それから慎んで命令を受諾《じゅだく》した。

悄然《しょうぜん》としたキールが退出すると、今度はショアの名が呼ばれた。

「ショア・ランカーム。君は研究所出身だと聞いた。そこで君にも協力を頼みたい」

ラグラスは幾枚もの海底図や洪水前の地図を広げ、今回の探査依頼地域を指し示した。

「どんなにささいなことでも構わないから、何か知っていることがあれば教えて欲しい。研究所から支給された資料だけではどうにも危ういのでね」

互いの利益のために協力しつつ腹も探り合う。ラグラスの口調には、地上と海底の微妙《びみょう》な力関係が仄《ほの》めかされていた。


本部長たちから解放され事務所を出たショアは、そのまま居住区には戻らず西海都市へ向かった。

一度だけグレイに連れてきてもらった中央公園のベンチに座り、己の弱い心と戦う。

キールが受けた任務は、生還率《せいかんりつ》が二割という極めて危険なものだ。普通の神経を持つ人間ならそんな依頼を受けようとは思わないだろう。貴重な情報が欲しいという理由で、己は座《ざ》したまま他人の命を危険にさらす。そんな研究所のやり方に心底辟易《へきえき》する。依頼主がエルリンクかもしれないと思うと、嫌悪感がさらに増した。

「…でも、醜《みにく》いのは僕も同じだ」

生還率二割と聞いたとき、もしもキールが還ってこなければ、グレイの心が自分に戻るかもしれない。ほんの一瞬、そう考えた。

なんて利己的で醜いんだろう。卑《いや》しくて貧しい心根《こころね》。だから嫌われるんだ。

ショアとキール。生き延びる価値があるのはキールの方だろう。

「僕は放っておいても、どうせもうすぐ死んでしまいそうだし…」

薬の力で多少抑えられているとは言え、常に鈍《にぶ》い痛みを発するようになった頭部に指先を当て、小さくつぶやく。

「キールに何かあったら、グレイが悲しむ」

地上より紫がかった夕暮れの中、紛《まが》い物《もの》の空を見上げてショアは心に決めた。

——キールの代わりに、僕が志願しよう。

決意すると心がずいぶん軽くなった。

グレイの役に立てることが嬉しい。好きな人の幸福のためにできることがある。

その事実が、ショアには本当に嬉しかったのだ。


翌日。

「キール・ルメリオの代わりに僕が行きます」

三度目に訪れた北海採掘舎本部の一室でショア・ランカームはきっぱりと宣言した。アストラン政府が依頼してきた危険な遺跡調査に自ら志願した理由は、単なる感傷《かんしょう》のためだけではない。

研究所

「わざわざ君が志願する理由は？」

遺跡調査地について重要な事柄を思い出したと告げ、面会を求めたショアの前に現れたのは、がっしりとした岩石のような採掘舎本部長だった。彼にたずねられ、ショアは逆に問い返した。

「指定された調査海域が、なぜ危険度五の汚染状態なのか理由がわかりますか？」

本部長はわずかに目を細め、慎重に言葉を選んだ。

「大洪水前の汚染物質のせいだろう」

「その『汚染物質』の正体をご存知ですか」

「…それを調べるのも調査目的のひとつではないのかね」

「では本部長もラグラス評議委員も、今回の依頼は本当に、大洪水前の遺跡調査と遺物回収が目的だと信じているのですか」

「何が言いたい？」

本部長の眼光《がんこう》が鋭《するど》さを増す。

ショアは背を伸ばし、目の前の机上に拡げられた大洪水前の大陸分布図、貴重な衛星写真、海図などを指差しながら説明した。

「これと同じ地図を研究所の資料室で何度も見たことがあります。それからこちらも」

今から二千年前。未曾有《みぞう》の大洪水によって地表の九割以上が海の底に沈む前には、今のショアたちには想像もつかないほど巨大な大陸がいくつも存在していた。陸地はさらに無数の『国』によって分割され、利害の多寡《たか》によって取引し、また争っていた。

そして、争いのある場所には武器もある。

ショアが指差した巨大な大陸の東端《とうたん》に存在していた『国』でも同様だったはず。

「汚染物質の正体は、表向きは動力開発用らしいけれど、実態は大量殺人が可能な兵器の材料のはずです」

「なんだと…！」

「断言はできません。記憶だけが頼りなので。でも、この海岸線には覚えがあります」

子供の頃からエルリンクにねだって、大洪水前の地図や資料を見たことが何度もある。所員の中でも限られた者しか閲覧《えつらん》を許されない資料や本、記録映像でも、ショアが頼めばエルリンクはあっさりと認めてくれた。

大洪水前の世界はまるで別の星をかいま見るようで、幼い頃はよくエルリンクのひざの上で、お伽話《ときばなし》でも読んでもらうように旧《ふる》い世界に接していたものだ。

「この物質の回収と利用については、研究所でも賛否《さんぴ》が別れていたような…」

ショアは実験体として研究所の奥深くに隠され、ほぼ軟禁状態で育ったが、それだけに彼の前では無防備に極秘事項と思われる会話が交わされていた。たぶんショアが生きて研究所を出る日が来るなどとは、誰も思っていなかったのだろう。

「では、今回依頼された遺跡調査の真の目的は、その兵器材料の回収にあると？」

「指定された回収目標物の形状を見ると、たぶんその可能性が高いと思います」

「待ちたまえ」

本部長はいったん会話を切り、非常回線で北海都市代表委員のラグラスに連絡を入れた。

ラグラス委員は一時間もせずふたりの前に現れ、前置き無しで本題に入った。

「研究所の思惑がランカーム君の推測通りであるならば、重大な憲章《けんしょう》違反《いはん》だ。次の四海評議大会で事実を糾弾《きゅうだん》する必要がある」

痩身でありながら鋼のような強さを秘めたラグラス委員が憤慨《ふんがい》して言い放つと、本部長があわてて制した。

「しかし、今回の件を公表すれば自動的に、交換条件として提示された新苗種についても言及されることになるでしょう。正式発表前の新苗種を内密に取引したことが知られれば、アストラン政府と北海都市は癒着《ゆちゃく》していると他三都市から誹《そし》られる恐れがある」

それは避けたい。本部長は額ににじんだ汗をぬぐいながらラグラスをなだめた。

「ですから僕が」

「君がどうするのかね」

「僕が行って、それらしい遺物を適当に回収してきます。もちろん実害のないものですが。その後、誰が訪れても二度と何も回収できないよう遺跡自体を破壊してきます」

「破壊？」

「はい。研究所には、自分たちの権力や発言権を強めるためなら手段を選ばず、私利私欲《しりしよく》をむきだしにする人間がいます。加えて海底都市とは比べものにならない膨大《ぼうだい》な情報の蓄積もある。そんな彼らの手に、旧世界の兵器技術が渡ればどうなるか…」

「それを監視するために特別査察委員が設置されているじゃないか」

「でも今回、僕がいなければキールが『遺跡調査』に赴いて、何も知らずに旧世界の恐ろしい遺物を持ち帰っていたかもしれない」

「……」

「アストラン研究所の組織改正を盛り込んだ法案を提出する必要がありますな」

本部長とラグラス委員がしわを浮かべた額を寄せあう姿をちらりと見上げ、ショアは淡々と続けた。

「組織を改正しても、いつか誰かがまた利用しようとするかもしれない。せっかく水腐《すいふ》病《びょう》の特効薬ができて、みんなが安心して暮らせるようになったのに、こんな恐ろしい場所を残しておくのは、…僕が嫌なんです」

「だから君が行くと？」

「そうです」

「汚染海域に長時間身を置くだけでも危険なのに、破壊などできるのかね」

「研究所の人間に利用されるくらいなら、命をかけてでもやり遂《と》げます」

潜水艇の操縦も海中での単独作業も訓練を受けている。ショアが強くうなずいて見せると、ラグラス委員と本部長は互いに視線を交わし、ショアの願いを聞き入れたのだった。

9 「秘恋」

季節が嵐季《らんき》から緩季《だんき》へと移り変わったばかりの十月初旬。

北海採掘舎第五班が手がけていた鉱床は、ほぼ掘り尽くしたため昨日閉床《へいしょう》した。オルソン・グレイ率いる班員はこれから二カ月の長期休暇に入る。

そして本日、タルフ・タフィーことタフタフとライラ嬢の結婚披露宴《けっこんひろうえん》が、採掘舎居住区にほど近い西海都市北端の公園円蓋《ドーム》で、盛況かつ和やかに行われていた。

極秘任務の遂行を明日に控えたショアはひっそりと壁際に立ち、幸せそうな人々の姿をぼんやりと目で追っていた。

会場は白を基調にした瀟洒《しょうしゃ》な建物で、南に面した半分は透明板《クラルス》で覆われた開放的な造り。透過壁の向こうには趣向を凝らした庭園が広がっている。

海上の日照時間にあわせて、太陽によく似た陽光転照装置が円蓋《ドーム》の西に傾くと、海の底にも甘い黄昏色《たそがれいろ》が広がる。地上で見る夕暮れよりも濃い紫がかった空が陽炎《かげろう》めいて揺れるのは、そこが本物の空ではなく透明板《クラルス》を隔《へだ》てた海中だからだ。

会場は班員五十名余と新郎新婦の家族、友人、親戚など百名以上の人々で賑《にぎわ》っている。

普段は白や紺《こん》、灰色といったつなぎの作業服姿の面々も、今日ばかりは艶《あで》やかな繻子《しゅす》織りの内着にゆったりとした長衣《ちょうい》を羽織っている。

海底で暮らす人々の普段着は無駄を省いて効率性を重視したものが多い。その分こうした晴れの席では、たっぷりと布を使い趣向を凝らした色使いになるらしい。

タフタフから宴《うたげ》の招待状をもらったものの、長い間アストラン研究所で軟禁生活を強いられていたショアには、どんな服装で出席すればいいのか見当もつかなかった。

九カ月前、海底都市へ逃げ込んで、日常習慣についてはグレイに教えてもらったものの、彼との関係が破綻《はたん》したあとは見よう見まねで周囲に会わせている状態である。とはいえ、世話になったタフタフの祝いの席に失礼な恰好《かっこう》で出向くわけにはいかない。

ショアは自力で仕立て屋を探し、数カ月分の給料をつぎ込んだ。

控えめな光沢を放つ淡青《ペールブルー》の内着と脚衣《きゃくい》。瞳の色とあわせた濃蒼色の長上衣《ながうわぎ》は腕から肩、腰まで身体にぴたりと添い、ひざ丈の裾まわりはたっぷりとした布使いで、しぐさにあわせてしっとりと小波《さざなみ》のように揺れ動く。

袖口《そでぐち》と立襟《たちえり》にわずかな刺繍《ししゅう》が施《ほどこ》されているだけで、残りは無地。地味なものを選んだつもりだったが、いくつもの色を華麗《かれい》に重ね、煌《きら》めく装飾品《そうしょくひん》を身にまとい笑いさざめく人々の中では、飾り気のないショアの細い姿は却《かえ》って目立ってしまっていた。

本日の主役であるタフタフとライラ嬢のまわりでは、入れ替わり立ち替わりに人が集まり歓談《かんだん》が続いている。ショアはこれまでの礼も兼ねた祝いを述べたあと、他人目につかない飾り柱と観葉植物の影で静かにしていた。

入り口で起きた小さなざわめきに視線を向けると、引継業務《ひきつぎぎょうむ》で遅れていたグレイがようやく姿を現したらしい。

小山のように大きな身体をしたタフタフの傍に真っ直ぐ近づくと、グレイは長年の親友とその新婦を祝福した。真面目な顔で二言三言、それから肩を叩き、肘でつついて何やら耳打ちすると、タフタフは頭をかきながら照れ笑いを浮かべる。ライラは以前グレイとつきあっていたはずだが、そのことに関するわだかまりは微塵《みじん》も感じられない。

しばらくして新郎新婦の傍から離れたグレイは、何かを探すよう会場内を見まわした。飲み物を受けとり、軽食を口に放り込みながら右に左に視線を投げている。

ショアは葉の影にそっと身を潜めた。それでもグレイの姿を追うことはやめられない。

辺りを見まわしていたグレイの傍に、待ちかねたように赤毛のキールが駆け寄った。

「遅いよ」「ごめん」。そんな会話が聞こえてきそうな親しげな様子を目にすると、ショアの胸に痛みが走る。……まだ痛みを感じる。

消えない未練を拳でにぎりしめながらまぶたを伏せようとした瞬間、さまよっていたグレイの視線がぴたりとショアを捕らえた。同時にそれまでの明るい笑顔がすっと遠のき、代わりに困惑が入り交じる。

ショアはあわてて目をそらし背を向けた。さらにすみへ移動して、壁面装飾《へきめんそうしょく》が鏡の役割を果たしている場所に立ち、そっと背後の様子をうかがうと、グレイはショアへの興味などすぐに無くしたのか、人混みの中へ消えて行くところだった。

――こそこそ隠れたりして、バカみたいだ。自分が探されているわけでもないのに。

彼の方から近づいてきて何か言われるのかと身構えた自分の自意識過剰《かじょう》をショアは嗤《わら》い、肩の力を抜いた。

『おまえにはもう関わらない』と宣言されて以来、なるべくグレイの目に触れないよう過ごしてきた。一度、仕事中に倒れたとき医務室まで運んでくれたらしいけれど、鬱陶《うっとう》しがられるのが怖くて礼も言えないままだった。

鏡面《きょうめん》に映る背後の人波の中にグレイの銀灰色の髪を探しながら、ショアはうなだれた。

「暗いな」

ほっと息を吐いたとたん背後から呆れ声をかけられ、あわててふり向く。

「キール…！」

同じ機械室で働いていた赤毛のキールは、ショアより二歳年下だが体格はほぼ同じ。そして性格はずっと強い。

「壁に向かって独り言なんて、あんたも救いようがなく暗いな」

反論しようがないので黙って曖昧《あいまい》に首を傾《かし》げて見せると、キールはすんなり矛先《ほこさき》を収め、肩をすくめてみせた。

「ま、しょうがないか」

「しょうがない…って？」

「あんた、オレの代わりに例の『遺跡回収』に志願しただろ」

「……！」

なぜ知っているのか。とっさの疑問が顔に出てしまったらしい。ショアが「何のことか？」と誤魔化す前にキールはさらに続けた。

「主任から任務撤回を申し渡されたとき、無理やり聞き出した」

キールの代わりに志願したことは絶対に伏せておいてくれと頼んだのに、どうして本人に教えてしまったのか。口の堅そうな採掘舎主任の顔を思い浮かべて、ショアは唇を噛む。

「なんで自分から志願なんかしたんだ？　死んでもいいのかよ」

「君だって断らなかったじゃないか」

「オレは、…西海都市政府に恩があるから」

「恩？」

「母親が水腐病で死んじまったあと、父親が名乗り出なくて、政府に何から何まで面倒見てもらったの！　そんなやつ別に珍しくもないけど、それでも衣食住不自由なく育ててもらった恩があるだろ。…断れないよ」

「そうだったんだ」

「だから、お袋もオヤジもいないぶんオレは身軽なわけ」

「そう。それなら僕も同じ…」

「え？」

「君と僕のどちらが身軽かと言えば、まちがいなく僕の方だよ。両親がいなくても、君には君を誰よりも大切に想ってくれる人がいる」

「あんたにだっているだろ？」

「僕にはそういう人は、…いないんだ」

何者にも代え難《がた》い存在としてショアを必要としてくれる人はもういない。

エルリンクはショアを人間としてではなく、道具として大切にしていただけ。そしてグレイには嫌われてしまった。

ショアが消えても悲しむ人は誰もいない。

淡々と事実を告げたとたんキールの眉間がぐぐっと狭まり、怒りの表情に変わる。それをなだめるため、ショアはことさら何でもないよう軽く答えた。

「だから僕が行くことに決めたんだ」

「誰もいないって、親兄弟じゃなくても親戚とか友達とか、誰かいるだろ」

ショアは力なく笑って首を横にふった。

「家族も親戚もみんな、僕が住んでた島ごと水腐病で全滅したんだ。僕はそこの唯一の生き残りだから」

「え」

「救助されて引きとられた先がアストラン研究所だったから、……友達はできなかった」

「だからってなんでオレの身代わりになろうなんて思うんだ？　もしあんたとオレの立場が逆だったら、オレは絶対自分から志願なんかしない。あんたがグレイの恋人のまま危険な任務に赴くって聞いたら、両手を上げて喜ぶ。あんたがいなくなったら、グレイと縒《よ》りを戻す絶好の機会だって」

キールの露悪的《ろあくてき》な本音を聞いても腹は立たなかった。むしろ正直に自分の気持ちを言い放てる彼が羨《うらや》ましいと思う。だからショアも己の気持ちを淡々と告げた。

「思ったよ。君が最初に任務を受け容れたとき、一瞬本気で考えた。でも…」

キールが危険な任務に赴いて、そのまま帰ってこなければグレイは心底悲しむだろう。そこへ、かつて愛想を尽かして別れたショアがのこのこと慰めに現れても鬱陶しがられ、よけい嫌われるだけ。

「…グレイは君を愛してる」

それが現実だ。

「で、あんたはオレに恩を売って彼の気を惹《ひ》こうってわけ？」

「まさか、そんなつもりはないよ。グレイにも誰にも任務のことを言うつもりはないし、君にも黙っていて欲しい。特にグレイには絶対言わないで」

同情されるにしろ無関心を貫かれるにせよ、どちらにしても悲しいだけだから。

「——あんた、それで本当にいいのか？」

胡散臭そうに見つめられ、ショアの胸には却ってキールへの慕わしさが湧き上がった。

「うん。僕はもう、…本当にいいんだ」

すべてをあきらめた者特有の小さな微笑みを浮かべてショアがうなずくと、赤毛の青年は怒りを爆発させた。

「なんでそんなに無欲なんだッ。何か望みとか、もっとこうしたいとかないのかよ！　数日後には死んでるかもしれないんだぞ」

キールはショアの頭部に腫瘍があることを知らない。たとえ今回の任務で無事生還できたとしても、余命がどれほどあるのかわからないという事実を知らないのだ。

まるで自分が理不尽な目にあったように地団駄《じだんだ》を踏んで悔しがるキールの激しさ、そしてショアに対する屈折《くっせつ》した心配りが嬉しかった。グレイの幸福のためにも、やはり彼には生きていて欲しい。

「何、へらへら笑ってるんだよ」

「ありがとう」

ショアは小さく微笑んだ。

——僕がいなくなっても悲しむ人はいないなんて嘘だ。きっとみんなキールみたいに、僕の死を悼《いた》んでくれる。

あれほどショアに対して腹を立てたグレイですら、きっと少しは悲しんでくれるだろう。目の前で顔を赤くして怒っている青年を見つめていると、そんなふうに信じられた。

ただ『誰よりもショアを一番に』と思ってくれる人がいないだけ。けれど、ほんのわずかでも惜しまれて逝《い》けるならそれで十分だ。

「何でオレが礼を言われなきゃ」

キールはそこでふ…と言葉を切り、大きな溜息をついてから持っていた酒杯を傾けた。それからもう片方をぶっきらぼうにショアへ差し出した。

「あんたも飲む？」

うなずいて礼を言い、琥珀色《こはくいろ》の液体がゆらめくグラスを受けとる。ひと口飲むと同時に辛《から》さと苦さ、そして焼けるような熱さが喉を下ってゆく。

はじめて飲んだ酒精《アルコール》の威力はすぐに表れた。胃の腑《ふ》が温かくなり、後頭部から肩にかけてふわりと力が抜ける。液体自体は辛くて苦いのに、後味は馥郁《ふくいく》とした花の香にも似た甘いものだった。調子に乗ってふた口、三口、続けて飲むと軽い酩酊《めいてい》感に包まれる。

給仕から受けとった新しいグラスをショアに差し出しながら、キールが妙にしんみりとした口調でつぶやいた。

「あのさ、もしグレイに何か言っておきたいことがあるなら、ちゃんと話しておけば？」

「どういう意味」

「今夜が最後になるかもしれないだろ。心残りがないようにしろって言ってるの！」

「……心残りなんて、無い」

「ひとつも？」

重ねて問われ、ショアは口をつぐんだ。

本当はひとつだけある。

最後に一度だけでいいから、グレイに抱いて欲しかった。

三カ月近く寝食を共にして、結局できたのはキスが数回。一度、急結剤供給装置の故障で一緒にシャワーをあびたとき、あやしい雰囲気になったものの、結局ショアの全身に残る傷痕への追求と、その結果の発作に邪魔されて、その先には至らなかった。

それ以後も触れあいがなかったわけではない。けれど、エルリンクに抱かれ続けた五年間の記憶がショアを臆病《おくびょう》にしていた。肉体関係を結んだ人から裏切られた傷が、グレイとの行為をためらわせていたのだ。

今にして思えば、怖がらずに抱いてもらえばよかった。恋人として、…人間として愛してもらった記憶が一度でもあれば、危険な場所へ赴く支えになるのに。

後悔しても今さら遅い。キールとつきあっているグレイが、ショアを抱くわけがない。

それでも未練がこぼれ落ちた。

「もしも僕が、グレイにキスして欲しいって頼んだら？」

「…いいよ。大目に見る」

「じゃあ、…抱いて欲しいって頼んだら？」

それでも許してくれるのかと、少し意地悪な気持ちで赤毛の青年を見つめると、

「──いいよ。グレイに頼んで、もし彼がいいって言ったら、一度だけなら目をつむる」

キールの本音は、グレイがショアの頼みなど突っぱねてくれることを願っている。けれど数日後に命を落とすかもしれないショアに同情したのも事実だった。

表情から相反《あいはん》する心中を察したショアは、あわてて手をふり前言《ぜんげん》を撤回《てっかい》した。

「キール…、ごめん。冗談だよ。嘘だから、本気にしないで」

「グレイがいいって言ったら、だからな」

ショアの言い訳など無視して、キールはそれだけ念を押すと離れて行った。

「冗談…なのに」

ちがう、本音だ。浅ましくて惨《みじ》めな望み。

たとえ今生《こんじょう》の別れになるとしても、新しい恋人と幸せに過ごしているグレイに『抱いて欲しい』などと頼んでいいわけがない。

どうしてキールの前であんなことを口走ってしまったのか。

それがはじめて飲んだ酒精《アルコール》のせいだと気づいていない。気づかないまま、ショアは杯を重ね続けた。

遅れて披露宴に駆けつけたグレイは、まず最初に親友の元へ向かった。

小山のような巨体の横に立つ新婦、かつての恋人ライラをみつけて一瞬立ち止まり、彼女の幸せそうな笑顔を認めて距離をつめる。おめでとうと心から祝辞《しゅくじ》を述べると、ふたりはにこやかに礼を返してきた。グレイとライラの交際期間は半年足らずで終わった。何か不満があったわけではなく、ショアが現れたからだ。

ショア＝ランカーム。風になびく白金の髪。最高級の陶製灯《とうせいとう》の内側から光が透けて見えるような、なめらかで温かみのある肌色。薄い珊瑚《さんご》色の唇。均衡はとれているのにどこか頼りない身体つき。ほんの少しかすれた声。そして…。

『貴方に逢いたかった』

そう言いながら必死にしがみついてきた細い腕、細い身体。深い海色の瞳。抱き上げたときの軽さも、彼が感じていただろう心細さも、すべてが愛しかった。

自分にできることなら何でもしてやりたい。力になりたい、頼って欲しい。そう願った。

謎が多く、どかこ浮世離《うきよばな》れした青年のすべてを知りたかった。なぜボロボロになりながら自分の元にやって来たのか。何から逃げているのか。

全身に散った無数の傷痕を見つけたときの衝撃は忘れられない。ひとつひとつの傷には、その数と同じだけ痛みがともなっていたはず、それを思うと、犯人を見つけ出し同じ目にあわせてやりたいと心底思う。

——誰からもどんなことからも守ってやりたい。そう願っていたのに。

あまりにも強く愛しすぎたせいで、裏切られたと知ったときの反動は大きかった。

『ちがう』と否定されればされるほど疑念が積もった。さらにそれを煽《あお》るように、ショアは養父だという男と密会を重ねていたのだ。

愛想を尽かしたと言いながら、それでもひとり歩きは心配だからと、のこのこ後を尾けて行った自分こそ好《い》い面の皮だ。

もうひと月以上前の出来事なのに、目の前で唇接けと抱擁を見せつけられた瞬間を思い出すたび、グレイの胸には未だ掻《か》きむしりたくなるほど怒りがこみ上げる。腹が立ってしかたないのに、ショアの姿が見えなければ探してしまう。倒れたと聞けば心配になる。

都合の悪いことを誤魔化すための演技だと思いながら、顔色の悪さや痩せた背中を見ればば胸に痛みが走る。そしてまた、そんな自分に腹を立てて、それでもショアの姿を無意識に探してしまうのだ。

相反し矛盾に満ちた己の行動に、グレイは明確な理由を与えられないまま放置している。

考えれば腹が立つ。ショアが、あのすかした銀髪野郎に甘えたり抱きあったりしているのかと思うと苛々して、それ以上冷静に考えることが出来ない。

涙をこぼし、白金の毛先を震わせながら『あの人とはそんなんじゃない…』などと言い訳されると、下腹から湧き上がる煮えたぎった泥のような感情を抑えるのが精一杯で、まともな会話にならなかった。

落ちつくまで距離をとろうと、わざと素っ気ないふりを続けるうちに、ショアの方が先にグレイへの執着を無くしたらしい。一度、仕事中に倒れて医務室に担ぎ込んだあと、ショアはグレイの前にあまり姿を見せなくなった。仕事はきちんとしているらしいが、とにかくグレイの視界に入らない。自分から『もう俺に関わるな』と言い放ったくせに、ショアが素直に身を引いたことにグレイは怒っていた。

いや、焦っている。

銀髪野郎の元へ帰るわけでもなく、かといって自分に対して何か行動を起こすわけでもない。ショアの真意も己の本音もつかみかねたまま、グレイはタフタフとライラの傍を離れ無意識に視線をさまよわせた。壁際の柱の影に白っぽい金髪を見つけて足を踏み出した瞬間、そっと背後からからみついてきた両腕に驚いてふり向き、相手を確認したとたんわずかに肩を落とした。

「グレイ、やっと来たんだ。何？　誰か探してるの？」

「あ…ああ、キールか。——いや誰というわけじゃないけど、いい披露宴だなと」

「うん。ライラさんは文句なく綺麗だし、タフタフなんていつもより三割増しで格好良く見えるよね」

曖昧に口ごもるグレイに小首を傾げてから、ほがらかに答えるキールの言動は真っ直ぐでわかりやすい。

『ライラさんと交際中は遠慮した。ショアとの交際中も遠慮した。だけど別れて独り身になったなら、オレとつきあって欲しい』

グレイがショアと距離をとりはじめたのを別れたと判断したキールは、率直に男の人生に寄りそう許可を求めてきた。その態度をいじらしい、可愛いと思ったのは事実だ。

赤毛の青年の求愛を受け容れ、ショアに対する苛立ちと憤《いきどお》りを忘れてしまえるなら、それはそれでいいのかもしれない。

『すぐに恋人としてどうこう…ってつきあいは無理だけど、様子見からでいいなら』

だから、そんな曖昧な応え方をしてしまった。これまでのグレイの恋愛倫理からは考えられない混乱ぶりだった。

「班長、ちょっといいですか」

声をひそめたタフタフに呼ばれてグレイが足を止めると、察《さっ》しのいいキールは内緒話の気配を読みとったのかそっと離れて行った。

「なんだ、嫁さん放っておいていいのか？」

「手洗いに行くと言ってあります」

大きな身体を丸め小声で手招きされ、グレイはちらりとキールの後ろ姿を確認してから新郎を追って廊下に出た。

「本人に口止めされていたので、ずっと言うべきか否か迷っていたんですが…。明日から長期休暇に入りますし、このまま班長に黙っているのはどうにもまずい気がするので」

人気の無い見通しの利く場所で、珍しく歯切れの悪い前置きをはじめたタフタフに、グレイは早く本題に入れと促した。

「何のことだ？」

「ショアです。――ちょ…、待ってください、これだけは知っておいて欲しいんです」

ショアの名を聞いたとたん踵《きびす》を返しかけたグレイの腕をつかみ、タフタフは小さな声で、しかしはっきりと告げた。

「彼、頭に腫瘍ができてます」

「…な、んだって？」

突然告げられた不穏な単語にグレイは勢いよくふり返り、褐色の巨漢につめ寄った。

「腫瘍です。頭のこの辺りに。検査の結果では悪性か良性かはっきりしませんが、どちらにせよ放っておくのはまずいらしいです。それで手術が必要なんですが」

「どうしてすぐにしない？」

「海底都市《アウリム》の現在の医療水準では無理だと…。ショアを診てくれたセドリア医師は『上』…、アストラン研究所への転院を勧めたんですが、ショアが…嫌がるんですよ」

「嫌がるって、研究所は元々あいつの古巣《ふるす》だろう。嫌も何も」

「ええ。私もセドリア医師も何度か説得したんですが、どうにも頑固で。こっそりセドリアに様子を聞いたら、ここ半月ほどは痛み止めをもらいに来る回数も増えているそうで。このまま放っておいたら本当に死…」

「その腫瘍が見つかったのはいつだ？」

「簡易宿舎で倒れているのを見つけて、班長が医務室まで運んでくれたあのときです」

「ひと月も前じゃないか！　どうして今まで俺に黙っていた…ッ」

「ショアが、班長には黙っていてくれと」

非難と同情が入り交じったタフタフの言葉に、グレイは額に拳を当て、思わずうめいた。

「――…、頭に…腫瘍だと？」

「ええ。彼がときどき具合悪そうにしていたのはそれが原因じゃないかと。で、班長から研究所へ行くよう勧めてくれませんか」

グレイは拳を唇に当てたまま親友をにらみ上げた。しかしタフタフは動じない。

「ふたりの間に何があったのか詳しくは聞きませんが、縒りを戻すにしろきっぱり別れるにしろ、生きていてこその成り行きですし」

「手術しないと死ぬかもしれないと、ショアは知っているのか」

「ええ」

突然、グレイの胸は激しい嵐に襲われた。

研究所育ち。無数の傷痕に覆われた身体。拉致まがいの真似をして連れ戻そうとする銀髪の養父。嘘をついてごめんなさいと、何度も謝ったショア。蒼い瞳が溶けそうなほど泣き続け、すがりついてきた細い指。

そのすべてを『裏切り者』『嘘つき』という言葉ですげなくふり払い拒絶してきた。嫉妬に任せてひどい言葉で罵倒して、泣かせて…。あんなにも泣かせて——。

本当にそれでよかったのか？

「…おまえはよくて、俺には知られたくないってのはどういう意味だ」

「それは本人に聞くべきでしょう。その前に、きちんとアストラン研究所へ行って手術を受けるよう、やさしく勧めてください」

「あいつは俺を避けてる」

「ええ。理由は班長にもわかっているでしょう。だからやさしくしてやってください」

タフタフの口調は柔らかかったが、はっきりとグレイに対する批判がこめられていた。

これまでのショアに対する態度を改めるべきだと。

「ショアは同情されるのは嫌だと、…ちがうな、『同情を引くための仮病だと思われて、これ以上嫌われるのは辛い』と言ってました。それから『病気を理由にやさしくされても、辛いだけだから』とも」

「……わかった」

痛みを耐える声でグレイがうなずいたのを確認すると、タフタフは年長者《ねんちょうしゃ》らしくそれ以上は何も言わなかった。

会場へ戻るとグレイはすぐにショアの姿を探した。さっきまでいたはずの壁際へ向かいかけ、その爪先をキールにさえぎられた。

「グレイ、ちょっと」

またしても深刻な声で呼び止められ、グレイは壁際にショアがいないか視線を向けながら、腕を引っ張り露台《ろだい》へ連れ出そうとするキールを制した。

「キール、すまないが後にしてくれないか」

「大事な話なんだ。すぐ終わるから」

キールは強引にグレイを露台に連れ出すと、どこか憤懣《ふんまん》やるかたない表情で口を開く。

「…ショアが、あんたに頼みたいことがあるんだって」

「頼み？」

心ここにあらず状態でさまよっていたグレイの視線が戻ると、キールは無造作に露台の一角を指差して抑揚のない早口で淡々と告げた。

「あそこ、三本目の柱の影に座ってる。オレあいつに借りがあるんだ。後に残したくないから、それがどんなことでも今夜ひと晩だけならオレは目をつむるから。……グレイ、今夜だけあいつの願いを叶えてやって」

それだけ言うと、キールはグレイの返事を聞く前にさっさと立ち去った。

「おいキール、どういう意味だ」

その背中を追うべきか躊躇《ためら》ったのは一瞬。気がつくと、グレイの足はショアがいると教えられた場所に向かって踏み出していた。


涼を求めてさまよい出た露台は、大小無数に点《とも》された灯火によって幻想的に照らし出されている。周囲はすっかり日暮れて、頬を撫でてゆく風は花の香りを含んで甘い。

ショアは自覚のない酩酊《めいてい》状態のまま雲の上を行く足取りでタイルの上を進み、最初に見つけた長椅子に腰をおろした。

頬も項《うなじ》も吐く息も熱い。経験したことのない不思議な高揚感と多幸感《たこうかん》に包まれて、そっと目を閉じる。そのままどのくらい経ったのか。かすかに名前を呼ばれた気がしてまぶたを開けると、足下に影が差し込んでいた。

見上げて目をこらしても、周囲に瞬いている灯火《とうか》のせいで相手の顔が判然としない。

「…誰？」

「俺だ」

声を聞き分けた瞬間、ショアの思考は停止した。逃げ出すことも顔を背けることもできないまま呆然と見上げていると、灰色の髪と碧い瞳を持つ男は表情が読みとれるほど近づいてきた。

「隣に座ってもいいか」

やさしい声。気遣いのにじむ、やわらかなしぐさ。瞳にも唇にもショアを責める気配はない。

——なんだ、夢の続きか…。

現実のグレイがこんなふうにやさしくしてくれるはずはない。自分はいつの間にか眠り込んで夢を見ているらしい。切ないけれど幸せな夢。

「どうぞ」

夢の中なら遠慮することも怖れる必要もない。ショアは微笑みながら素直に腰をずらし、隣に男が座ることを許した。

「グレイの正装ってはじめて見た。すごく恰好《かっこう》いい」

「おまえもな。よく似合ってる」

「そうかな」

「酒を飲んだのか」

「うん」

「けっこう酔ってるぞ」

「そう？　ふわふわして気持ちいいよ」

「酔ってる証拠だ」

驚くほど穏やかに会話が進む。嬉しくなってくしゃりと微笑むと、グレイはわずかに目を細め、以前よくそうしてくれたようにショアの髪をひと筋すくいとり、しばらく手触りを楽しむよう指先で戯《たわむ》れてから、ためらいがちに口を開いた。

「俺に…頼みごとがあると聞いた」

そっとささやく男の瞳に心配と愛情が揺らめいて見えるのは、きっと錯覚だろう。ふたりの関係が壊れてしまう前に戻ったような展開は、願望が見せる夢特有の都合良さにすぎない。その夢の中でショアは大きくうなずいた。

「うん」

「どんな頼みだ？」

やさしく覗き込んでくる男の顔をショアはじっと見つめ返した。ほんの少しでも表情を見逃さないように、反応を見誤《みあやま》らないように。それから、内緒話をする子供のように少しはにかんだ笑みを浮かべ、慎重に男の耳元へ唇を寄せた。

「あのね。今夜ひと晩だけでいいから、二度とこんなことは頼まないから、一度だけでいいから――」

「うん？」

先を促され、小さな声でそっとささやく。

「僕を…抱いて欲しいんだ」

――できれば恋人として。

言い終えた瞬間グレイの瞳がゆらりと揺れる。同時に全身から、まるで小波《さざなみ》のような気配がにじみ出た…ように見えた。

怒らせてしまったかもしれない。恥知らずな要求を不快に思われたかも。

ショアはあわてて言い添えた。

「もちろんフリでいいんだ。単なる遊びとか、冗談とかお酒のせいにして…」

嘘でもいいから、一度だけでいいから。

必死になって言い募りながら、ショアは己の願いがずいぶん身勝手なものだと気づいた。

夢の中とはいえ、これはまずい。

「…――ごめん、嘘だから。冗談でもキールに悪いよね。今のは聞かなかったことに」

「わかった」

「え…」

「恋人として抱いて欲しいんだな?」

絶対断られると思っていたのにあっさり了承《りょうしょう》されて、今度はショアが狼狽《うろた》えた。

「今これからでいいか」

「え? グレイ、まさか本気で…」

腕をとられ、よろめく足を支えられ、露台から中庭を突っ切り茂みと木立《こだち》を通り抜け、気がついたときには二輪車《アウリーガ》に乗せられて、運転するグレイの背中にしがみついていた。

石畳を走り抜ける振動。風にあおられ髪がなびく感触。しがみついたグレイの背中の温かさ。じわじわと酔いが覚めるにつれショアはようやく、これが夢ではなく現実の出来事だと理解しはじめた。

けれど今さら止めてとは言えない。言いたくない。たった一度の…、最後のチャンス。

ショアはいったん身を離しかけた背中に、もう一度頬を押しつけた。

北海採掘舎の居住区に戻り、数カ月前まで一緒に寝起きしていた部屋に入ると、グレイが何か言い出す前に急いで浴室へ飛び込んだ。

「汗を流すから、待ってて」

急がなければ。グレイの気が変わらないうちに。彼がどうして自分の無謀な願いを聞き入れてくれる気になったのかわからない。理由を聞いてもあまり嬉しい答えではないだろう。だからわざと黙っている。

「それよりまず、こっちを何とかしなきゃ」

ショアはポケットからとり出した染髪剤《せんぱつざい》の箱を洗面台に置くと、急いで服を脱ぎ捨てた。

まずは染髪剤と一緒に買った鋏《ハサミ》を髪に当て、鏡を見ながらザクザクと無造作に切り落とす。肩に触れるか触れないか、毛先はバラバラでいい。なんとか満足のいく出来に仕上がると、あとは軽くシャワーをあびて汗と髪を洗い流す。ショアは湯を止めて水滴をぬぐい、浴衣を羽織って染髪剤を手にとった。

色は赤。居住区に戻る途中、立ち寄ってもらった雑貨屋で手に入れたものだ。説明書には乾いた髪に染料をなじませて乾燥させるだけと書かれているが、時間がない。

ショアは濡れ髪のまま染料を擦りつけたが、手順を省《はぶ》いたしっぺ返しはすぐに現れた。

染髪剤を染みこませた髪は何度ふいてもぬるぬるしたまま。浴布《タオル》ばかりがまるで血を吸ったように真っ赤に染まる。

「ショア、どうした。逆上《のぼ》せたのか」

いつまで経っても出て来ないショアを心配して、グレイが浴室の扉を叩いた。

「入るぞ」

「ま、待って…！」

急いで把手《とって》にすがりつき、入室を阻止《そし》しようとして失敗する。そのまま足をすべらせて床にしゃがみこみ、扉を開けたグレイを見上げた。

「何をやって…——おい、怪我をしたのか」

ショアがにぎりしめていた真っ赤なタオルを目にしたとたん、グレイは血相を変えて飛び込んできた。

「ちが…、これは」

「何だ？　この匂いは」

グレイはショアに怪我のないことを確認してからタオルの色を改めて見つめ、さらに床に転がった染髪剤の箱を眺めてようやく状況を把握《はあく》したらしい。

「いったい何やってるんだ？　それにその髪、どうしていきなり切ったりしたんだ」

呆れと不審を足して二で割ったような声に、ショアはうつむいたまままあわてて言いつくろった。

「キ、…キールと同じにしようと思って」

そう言い終えた瞬間、頭上でヒュッと鋭く息を呑む音が聞こえた。恐る恐る見上げると、グレイの男らしい顔が苦しそうに歪んでゆく。

「…ごめんなさい、すぐ済ませるから」

もう少し待って。言いながらグレイの足下に転がる染髪剤の容器に伸ばした右手を、思いきりつかまれた。そのまま左手も一緒に捕らえられ、壁に押しつけられる。

「止めろ、何を考えてるんだ」

手首を頭上で縫い止められたまま鋭く詰問《きつもん》されて、ショアの気持ちは崩れかけた。

何度か呼吸をくり返し唇を噛みしめ、グレイに理解してもらえるよう言葉を選ぶ。

「…キールと同じ髪型にして灯《あか》りを消せば、グレイがやりやすくなると思ったんだ。もし途中で嫌になっても、キールを抱いていると思えば『止める』とか言われなくてすむと」

「——…おまえは、バカか？」

心底呆れた様子で言い放たれて、ショアは泣きたくなった。

「だって…」

最後のチャンスなのだ。今夜を逃したら、グレイと触れあう機会は二度とない。

自分が愛想を尽かされているのは嫌というほど思い知っている。だからキールの代わりに、キールだと思って抱いてもらえたら、少しはやさしくしてもらえるかもしれない。

嘘でも身代わりでもいい。最後の思い出としてやさしく抱いて欲しい。だから自分なりに一番良い方法を選んだつもりだった。それなのに、またしてもグレイを怒らせてしまったらしい。

もう駄目だ。せっかくその気になってもらえたのに、駄目にしてしまった。

「…う……」

唇を噛んで嗚咽をこらえても、両手を捕らえられたままでは、こぼれる涙は隠せない。

うつむいたまま顔を背けてしゃくり上げると、男の深い溜息が頬をかすめた。

「おまえは…」

言葉をつまらせたグレイが次にとった行動は、ショアの予想を超えていた。

逃げ場のない狭い浴室内でグレイに抱き上げられ、中途半端に乾いた染髪剤をあっという間に洗い流されてしまう。次いで濡れた浴衣を無造作に剥ぎとられ、

「あ…グレイ、待って、ま…」

恥じらう間もなく唇接けを受けた。

「ん…ぅ」

噛みつくようなキス。あごを強くつかまれ固定され角度を変えることもできず、ショアはなすがままに熱い舌の蹂躙《じゅうりん》を受け容れた。

その強さ、むさぼるような激しさが恐い。けれど嬉しくもあった。

飢《う》えた獣《けもの》の前に差し出された獲物の気分に浸《ひた》る。男にむさぼり喰われ胃の腑に納まり、やがてその血肉となれば、自我は消え果てても、魂の一部は彼の生に寄り添うことを許してもらえるのだろうか…。

「グレイ…。グレイ、僕を…――」

僕という存在を求めてくれるの？

キールの身代わりではなく、ショア・ランカームとして抱いてくれるのか。そう聞きた

いのに、怖くて戦慄《わなな》くばかりの唇を指先で塞がれる。

「もう黙れ。よけいなことを考えるな」

懲《こ》らしめのように耳朶《じだ》を甘く噛まれ、こめかみからまぶた、鼻先まで男の唇がやさしく触れてゆく。腰に覚えのある潤んだ痺れが生まれ、床の感触が消えた…と感じたのは気のせいではなく、グレイに抱き上げられていた。ふたたび唇接けを受けて陶然《とうぜん》としているうちに、気がつけば寝室のベッドの上。

ぼんやりと物の輪郭がわかる程度の闇の中で、グレイの首筋にしがみつく自分の腕が青白く浮かび上がる。唇からあご、首筋をくすぐるように撫で下ろした五本の指が、ショアの身体を覆っていた浴布《タオル》を静かにとり去る。

「……ん…」

湿り気を帯びた胸に男の手のひらが置かれる。——熱い。熱くて硬い皮膚の感触。力強い指先が繊細に蠢《うごめ》いて胸の突起を弾く。

「……ッ」

とっさに身をよじり引き上げかけた右脚を軽々と捕らえられ、大きくわり拡げられた両脚の間に、男のひざがすべり込む。腰と下腹部が密着して熱い昂《たかぶ》りが触れあう。

何度も唇接けを交わし、ふ…っと温もりが遠ざかったかと思うと、衣擦《きぬず》れの音のあとすぐに素肌の胸と腕が戻ってくる。強くやさしく抱きしめられ、すがりついて抱きしめ返す。

このままグレイの胸に溶け込んで彼の一部になってしまいたい。そんな切ないほどの愛しさが、目尻から涙となってこぼれ落ちる。

「泣くな…」

どこか戸惑いを含んだグレイの声と唇に涙を吸いとられ、ショアは儚《はかな》く微笑んだ。どうして突然やさしくなったのか。身勝手な願いを聞き入れてくれる気になったのか。喉元まで出かかった問いを飲み込む。

今だけは、今夜だけは…、グレイの恋人は僕だ。研究所もエリィもキールも関係ない。幸せな恋人同士として抱きあい愛を交わそう。

「……お願い。グレイ…お願い」

「なんだ」

「二度と絶対こんなわがままは言わないから、今夜だけだから。嘘でもいいから…——好きって言って」

恋人のふりをして。愛してるってささやいて、やさしく抱いて。嘘でいいから。

目をつむり、相手の胸元に顔を埋めて願いを口にするショアのこめかみを、グレイはやさしく撫で下ろし、両手で頬をそっと包んで視線をあわせた。

「…ショア」

答えを聞く前にショアは自分から告白する。

「グレイ…、好き」

「ああ」

「ずっと好きだった」

「ああ、俺もだ。愛してるよ」

その瞬間、ショアの胸に満ちたのは喜びではなく悲しみだった。

望み通りの言葉をもらったのに、どうしてこれほど切ないのか。

「……ありがと…、嬉しい」

偽りの愛を語る男に向けたショアの微笑みは、悲しみに透き通る。

「そんな顔で笑うな。嘘で言ってるんじゃない、本当におまえを愛してる。ずっと冷たくして、…ひどい事ばかり言って悪かった」

グレイはショアの額から左の前頭部へ指先を差し込み、ゆっくりと髪を梳きあげながら謝罪と愛をささやいた。

「それから、…タフタフから聞いたんだが」

ショアの喉がひくんと鳴る。まさか…。

「おまえここに腫瘍が出来てるそうだな」

「そんなこと」

ない。と言いかけた唇を唇で塞がれた。

「どうして黙っていた？」

抱きしめられ耳元でささやかれて、ショアはどうしようもなく切なくなった。

グレイは腫瘍のことを知り、同情からショアの恥知らずな願いを聞き入れる気になったにすぎない。一度でいいから抱いて欲しいという無謀な願いが聞き入れられた瞬間から、もしかしたらグレイは今でも僕のことを愛してくれてるのかも…と、勝手に抱いた希望にすがり、浮かれていた自分が情けない。

「ごめん、グレイ。キールに悪いことを…」

「あいつは了解してる。おまえの願いを聞いてやれと言い出したのはあいつだ」

「え…」

そのひと言がとどめだった。

恋人の願いだから。だから抱こうとしてくれた。そこにあるのは愛情ではなく哀《あわ》れみだ。

それでもいいと覚悟して頼んだのは自分なのに、どうしてこれほど心が痛むのか。何もかも失った気持ちになるのか。

嘘でもいいから、身代わりでもいいからと言いながら、心の底では期待していたからだ。

——ばかだ。僕は本当にばかだ。

己の浅ましさを呪い両手で顔を覆いながら、ショアは何とか声を出した。

「ご…めんな…さい」

「どうしておまえが謝る。謝るのは俺の方だ。ちゃんと話しあおう…、誤解を解いて」

虚しい言葉を唇でさえぎり、ショアは自分から舌を差し入れた。項から襟足《えりあし》に指を差し込み、髪をかき混ぜながら必死に訴える。

「話は明日…。今は、抱いて」

言葉を交わせば交わすほど悲しみが増す。

それならいっそ何も言わず、身体だけを繋げてしまいたい。

――偽りでも同情でもいい。

この一夜の記憶があれば、たったひとりで逝くことになっても寂しくはない。

だからやさしく。これが本当の愛の行為だと錯覚するほどやさしくして欲しい。

「…やさしく、して」

答えは、そっと触れてきた手の温かさで伝えられた。宝物をあつかうように抱きしめてくれる男の温もりにショアは溺《おぼ》れた。

存在感のある男の手のひらが丹念《たんねん》に全身を撫でてゆく。ときどき愛撫の手を止め、反応を見せる場所を見つけると念入りに指先と唇を使って責め立てる。耳の後ろ、項、背骨に沿ったいくつかの箇所。触れるか触れないか、あやうい接触のくり返しにショアは唇を震わせ喘いだ。全身がしっとりと汗ばみ、脚のつけ根や、わき、項、額から汗が流れ落ちる。

「大丈夫か?」

息をつめすぎたショアが苦しそうに喘ぐと、グレイは少し身を離して心配そうに声をかけてくれる。理性の勝るその気遣いが切ない。

普段は存在を忘れている胸の突起に、男の指先が押しつけられたとたん痺れるような刺激が走った。親指と中指で乳暈《にゅううん》を軽くつまみ上げられ、盛り上がった先端を人差し指で小刻みに嬲られる。

「ん…ぅ……ッ」

「ここ、感じる？」

耳朶を甘噛《あまが》みされながらささやかれ、うなずく代わりにしがみつく。

硬く凝《しこ》りはじめたそこを唇に含まれ、ショアは反射的に身を引いた。急に動いたせいで男の歯が敏感な粘膜をかすめる。

「いっ……」

「痛い、それとも怖い？　止める？」

グレイがわずかに身を引いて、肌が離れる。ショアはとっさに自分の胸をかばいながら、あわてて小さく首を横にふった。

今さら抱かれることが怖いのではない。銀髪の養父に抱かれ続けた身体には、性交にともなう快楽のすべてが刻み込まれている。

エリィとはちがう手順と触れ方、そして感触。肌の熱さまでちがう。そのことに戸惑う。

嬉しくて怖い。

胸を吸われただけで、エリィに抱かれたときには感じたことのない戦《おのの》きが腰のあたりから湧き上がる。それが何なのかわからなくて怖い。けれどこのままグレイに興醒《きょうざ》めされてしまう方が怖い。

「止めない…で。もっと——…」

もっと我を無くすほど激しく求めて欲しい。

やさしくして欲しいと願ったくせに、壊れ物のようにあつかわれると胸が痛くなる。

ショアの望み通り、グレイの愛撫はどこまでもやさしかった。同時に激情を必死に抑えているような、よそよそしさも感じる。

それが、自分の体調を気遣ってくれる自制心の現れであることにショアは気づけない。

突然抱いて欲しいと言い出したショアの真意を、きちんと確かめないまま抱くことへの戸惑いであることも。

「もっと、本当の…」

恋人にするように抱いて欲しい。そう懇願しかけてショアは唇を噛みしめた。

時々グレイの愛撫の手が止まり、もの言いたげな沈黙が落ちるのは、自分を抱くことをためらっているせいにちがいない。

だから必死にすがりつき、自分からグレイ自身に手を伸ばす。熱い剛直に触れたとたん、今度は男が身を引いた。

「…そこは、いいから」

どうしてと不安になって見上げると、グレイはからみつく指先を外しながらささやいた。

「おまえの手を汚してしまう」

「グレイになら…汚されてもいい。汚して欲しい、身体の中まで全部」

両手を捕らえられたままショアは上半身を屈め、男の股間に顔を埋めた。鼻先や頬に欲望の先端が触れても厭《いと》わしいとは思わない。先走りのぬめりを追いかけて舌を伸ばし、焦ったグレイが手を離した隙に、自由になった両手で昂りを支え口に含む。

頭上で息を飲む男の気配。同時に汗で湿った髪に力強い指が差し込まれた。

「ショ…ア、……待て」

うめきに近い制止の言葉をふりきり、ショアは必死に男の欲望に奉仕した。先端からくびれに向かって舌先で刺激すると、両手で支えた幹《みき》の硬さが増す。口腔内《こうこうない》で蠢《うごめ》く男の欲望に愛しさがつのる。自分の舌で感じてもらえたことがたまらなく嬉しい。

——グレイの気が変わる前に。

恋人であるキールへの誠意を思い出す前に欲情してくれたら、たとえ心は伴《ともな》わなくてもショアを求めてくれるはず。だから「もう、いい…」と、顔を上げるよう促されても素直に従うことはできない。

エルリンクとは数え切れないほど身体を繋げた。けれど生身のまま後口へ迎え入れたことはない。挿入時、彼は必ずルーデサックを使用した。理由は万が一にも感染症を起こさせないため、そしてショアの身体への負担を減らすためだと教えられた。さらに加えるなら、エルリンクの潔癖性《けっぺきしょう》のせいもあったかもしれない。

その代わり口舌奉仕は入念に仕込まれた。仕込まれると言っても、単にエルリンク好みの舌使いや力の入れ加減、手順などだったが。

研究所の共有財産であるショアの身体へ思うがまま欲望を注ぐと実験に支障が出る場合、エルリンクは好んでショアの口を求めた。彼の精液なら何度も飲んだことがある。だから最後までグレイの欲望を受け止めることにも抵抗はない。むしろ飲んでみたいとすら思う。

「ショア…！　もう、いいから」

「…や、嫌。僕の中に出して」

夢中でしゃぶっていた口中に指をねじ込まれ無理やり大きく開けさせられ、そのまま熱い欲望を引き抜かれてしまい、ショアは玩具をとり上げられてぐずる幼子のように身をよじった。唾液で濡れた唇をぬぐいもせず必死に懇願する。

「お願い…、お願いだから、グレイを感じたい。身体に刻みつけたい…ッ」

口舌奉仕を止められると自分の想い自体を拒絶されたような気がして涙がこみ上げた。潤んでぼやけた視界の先で、男の顔が奇妙に歪む。

「おまえ、どうしてそれほど…──」

「やっぱり、僕じゃ抱く気になれない…？」

「何を言って」

だって…とうつむき涙を堪《こら》えていると、慰めるよう肩に手を置かれる。

「不安なのか？」

ショアは素直にうなずいた。

「おまえ、俺に抱かれるの怖くないのか？　触るたびに身体が強張るのは無理してるせいじゃないのか？」

「無理なんかしてない」

「それなら本気で抱くぞ。いいのか？」

こくりとうなずいたとたん、世界が反転するほどの勢いでベッドに押し倒された。さきほどまでの遠慮がちな愛撫とはまるでちがう。

首筋に、胸に、腕の内側に、男の鼻面《はなづら》が押しつけられ舌と唇が這いまわる。まるで獲物に食らいつく捕食者のように。そして下肢の付け根にも遠慮なく手が伸び、半勃ちだったショアの欲望は擦りたてられ揉《も》みしだかれ瞬く間に吐精へと導かれた。

「…──ッ」

熱い粘液は男の手のひらに受け止められ、間髪入れずに弛緩《しかん》した両脚を大きくわり拡げられると、避けることも身をひくこともできないまま背後の窄まりを指先で突かれた。

ぬめりをまといつかせた指の侵入とともに唇接けられ、吐精したばかりの身体がふたたび熱を帯びる。腔壁にもぐり込んだ長い指の蠢きにあわせるように、グレイの舌はショアの口内も蹂躙してゆく。

「あ…、ぁ…う……」

指は抜き差しから円を描くような動きに変わり、何度もぬめりを足すように出入りをくり返す。一本から二本、やがて両手を使って丹念にほぐされ、痺れて感覚がなくなるほど入念に慣らし終わるとゆっくり離れて行った。

「…グレイ?」

刺激が遠のいたことが不安で、涙でぼやけた瞳を向けると、両ひざを抱え直した男が静かに重なってきた。

「ぁ…、あ…んぅ——」

夢にまで見た愛しい男の一部が、ゆっくり体内に押し入ってくる。先端が窄まりを擦っただけで、その大きさに息を飲む。

エリィとはちがう太さと角度、圧迫感に思わずそこに力が入り、無意識の内にきゅ…と窄めた瞬間、頭上でグレイが痛みに耐えるようなうめき声を洩らした。

「…く」

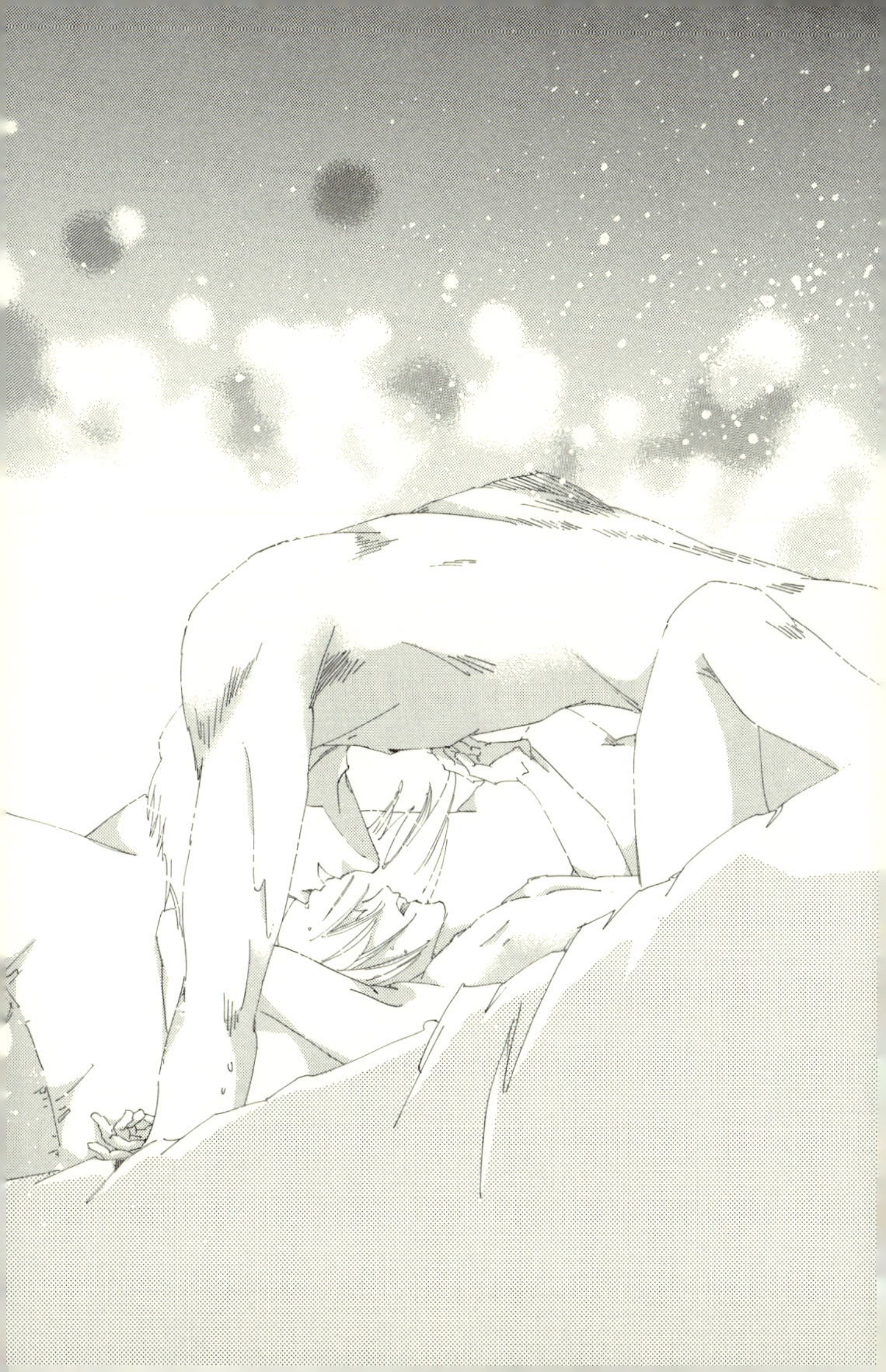

声も出ないほどの圧迫感に耐えながら、ショアは必死に下肢の力を抜いて男の欲望を迎え入れようとした。

小刻みに息を吐き、わずかに強張りが解ける瞬間を狙って、グレイの腰が間断なく蠢き打ちつけられる。互いに無言のまま、激しい息づかいだけが室内を満たしてゆく。

「…ハ…ッ、…ぁ」

身体の一番やわらかい場所、傷つきやすい弱点をさらし、痛みをともなう挿入を受け容れ、熱い剛直が少しずつ己の体内に沈み込んでくるたび、ショアの脳髄《のうずい》は溶け崩れてゆくような甘い酩酊感に侵されてゆく。グレイの欲望は予想以上に大きく、はじめてではないにしろ一年以上もそこを使っていなかったショアには負担が大きかった。

それでも、痛い止めて、などと言うつもりは毛頭ない。行為を中断したくなかった。

「…レイ、グレイ」

すがるものを求めてショアが両手を伸ばすと、男はそっと上半身を倒しながらショアの背中に腕をまわして抱きしめた。胸が密着すると同時に、わきから背中にまわされた両手が肩を押し留める。

逃れることのできない甘やかな拘束の中、欲望の残り半分がじりじりと分け入ってくる。ときどき大丈夫かと確認してくる声に、夢中でうなずき返す。痛みも圧迫感も熱い肉塊《にくかい》に侵される羞恥も、愛しい男と一番敏感な部分で繋がりあう喜びに、溶け崩れて曖昧になる。

入り口の粘膜を限界まで押し開かれ、内側が男の存在で満たされると、互いに深い息を吐《つ》く。ショアはグレイの肩口に顔を埋め、背筋を這《は》い登る悦楽《えつらく》の痺れをやりすごした。

「動くぞ」

ささやきとともに小刻みな抽挿がはじまる。

「…ッ…ぁ……」

幾度もくり返し抜き差しを続けるうちに、グレイの動きは雄《おす》の本能そのままに激しさを増してゆく。

「あ、…グレ…イ、い…」

痛い。それ以上きつくされたら辛い。そう懇願しかけた唇を噛みしめる。

グレイが悦楽を感じてくれるなら、自分の苦痛は二の次だ。わがままを言って抱いてもらっているのだから、せめて思うがままに満足するまで快楽を得て欲しい。

少しでも痛みを散らそうと下肢の力を抜いた瞬間、突然男の動きが止まった。

「辛い、のか？」

きつく目を閉じすぎて強張ったショアの眉間を指先でほぐしながら、グレイが詫《わ》びる。

「おまえを抱いているんだと思ったら、理性が吹き飛んだ。すまない」

「い…いんだ。グレイの好きなようにして」

「ばか。おまえに辛い思いはさせたくない」

微笑んであやすように軽く腰をまわされ、ショアの身体に小波のような震えが広がる。再び動きはじめたグレイは、ショアが最初に望んだ通りどこまでもやさしかった。

――愛されている。

一瞬、本気でそう信じることができるほど。

ゆるやかで途切れない抽挿の果て、やがて身体の奥深くに熱い迸《ほとばし》りを感じた瞬間、ショアは自分が光の海に溶けて消える錯覚に陥った。思わずしがみついた男の背中に爪を立て、密着した下肢の濡れた感触に、自身も果てたことを知る。

「ぁ、あ…、グ…レイ……ッ」

「愛してる、ショア」

「……僕も」

互いに息も絶え絶えになりながら、ささやかれた睦言《むつごと》に答えると同時に涙がこぼれた。

なんて切ない告白だろう。

身体を繋げ、愛の言葉をささやきあいながら、心だけがこんなにも遠い。

「グレイ、グレ…イ…！」

それでもショアは一分一秒を惜しんで男のすべてを身の内に刻みこもうとした。

深海に沈んでも忘れないように。

たったひとりで死を迎える瞬間が来ても、この温もりを忘れてしまわないように――。

10 「波痕《はこん》」

オルソン・グレイが目覚めたとき、大切に抱きしめていたはずの愛しい存在は影も残さず消えていた。

「…ショア？」

昨晩、互いに貪《むさぼ》るように求めあい愛しあい、あとは言葉で互いの間に立ちはだかっていた誤解を解くだけ。そう思い眠りについた。

――さよならグレイ。幸せを祈ってる…。

明け方、腕の中の温もりが消えると同時に、そんなささやきを耳元で聞いた気がする。

『どこへ行くんだ？』

たずねて引き止め、尚《なお》も離れて行こうとする腕を捕らえて再び抱きしめたはずなのに、どうして今ここに自分しかいないのか。

グレイは情事の跡が生々しく残るベッドから起き上がり、手早くシャワーをあびて着替えを済ませると、ショアがいるはずの居住棟へ向かった。

老朽化が進み、とり壊しを待つばかりの傷んだ建物に足を踏み入れ、こんな場所にショアを追い出した自分の心の狭さに歯噛《はが》みする。

名を呼びながら青年が寝起きしているはずの部屋の扉を叩き、返事がないことに焦《じ》れて把手《とって》をまわすと、あっけなく開いた。そういえば、盗られるものなど何もないから鍵は必要ないと言っていたことを思い出す。見られて困るものも無いと言っていた。あれは、隠し事などしていないという意味だったのかもしれない。

「それにしたって不用心だろう」

勝手に入り込んだ自分を棚に上げ、グレイはそろりと室内を見まわした。

「ショア…？」

シンと静まりかえった部屋の中に、人の気配は無い。気配どころか誰かが住んでいた形《けい》跡《せき》すらなくなっている。

「ショア！」

備え付けの寝台枠、汚れの染みついた机、ほころびの目立つ布製の長椅子。書棚《しょだな》には数冊の本が残っているだけ、食器棚には最初から何も置かれた形跡がない。決して広いわけではないのに、がらんとした空虚《くうきょ》さばかりが際立っている。

「こんな寂しい部屋で暮らしていたのか…」

そうなるよう追いつめたのは自分だ。その自覚があるからこそ無人の室内に焦りがつのる。踵《きびす》を返し外へ出ようとして、扉の内側に貼られた小さな紙片が目に止まる。

『さようならグレイ。レノの元へ行きます。わがままを聞いてくれてありがとう』

最後にショアの署名。紙片を裏返してみたが、伝言はそれだけだった。

——さようならとはどういう意味か。

入るときには気づかなかった小さな書き置きをにぎりしめ、グレイは老朽化した居住棟を出た。そのまま二輪車《アウリーガ》に飛び乗り、ショアの後見人《こうけんにん》である特別査察官レノ・ヤンバースの元へ向かう。採掘舎居住区ドームを出るとき赤毛のキールとすれちがい、声をかけられたが、手をふり返しただけでやりすごす。

昨夜の成り行きを聞かれたらグレイには説明する義務があり、そのあとは保留していた彼との交際について返事をしなければならないが、その余裕が今はない。

ひどい胸騒ぎがする。大切なものを永遠に失いかけている気がして、ショアの顔を見るまでは安心できない。長期休暇に後見人の元へ身を寄せるだけなら、わざわざ『さようなら』などと書き残すだろうか。

ヤンバース家をたずねると、予想通りショアの姿はなかった。訪問を受けたレノは事情を聞いたとたん心配そうに首を傾げた。

「私のところには旅行に出かけると連絡があったけど。何か行きちがいがあったようね」

恐れは的中した。ショアは意図的に姿を消したのだ。

「ヤンバースさん、特別査察官の権限でショアの消息をたどれませんか？　あいつ昨夜から様子が少しおかしかった。それに、厄介事《やっかいごと》を抱えてる」

「厄介事？」

グレイは束《つか》の間《ま》考え込んだあと意を決し、ショアの頭部には腫瘍があると告げた。

「早く見つけて手術を受けさせないと、手遅れになるかもしれない」

「わかったわ。できる限り協力しましょう」

四海評議会特別査察官レノ・ヤンバースはそう請け負ってくれた。

グレイは、他にショアが身を寄せそうな人間を思い浮かべた。

タフタフは披露宴の直後に新婚旅行へ出かけている。ショアが彼らを頼る可能性は極めて少ない。それでも念のため宿泊先に連絡を入れてみた。

『いいや。彼からは何の接触もないよ』

披露宴で挨拶《あいさつ》をしたあとは姿も見ていないし、声も聞いていないと言う返事に、グレイの焦燥《しょうそう》が強くなる。

翌日になっても依然《いぜん》としてショアの行方はわからないまま。レノからの報告は『採掘舎本部までの足取りはつかめたが、それ以降は不明』というものだった。

他にショアの行き先で思い当たるところといえば――。

「エリィ…か？」

まさか、本当に奴の元へ帰ったのか。

すかした銀髪野郎ことエルリンク・クリシュナの顔を思い出したとたんグレイは額に拳

を当て、うめき声を洩らした。

「グレイ、ちょっと話がある」

居住棟の玄関に設置された送話機の横に立ち尽くしていたグレイは、少し不機嫌《ふきげん》そうな声に顔を上げた。

「キール…」

近づいてくる姿にいつもの覇気《はき》がない。気性《きしょう》を表す赤い髪にも艶《つや》が無く、しおれて見えるのは己の後ろめたさのせいか。

「ショアなら探しても無駄だよ」

何よりも知りたかった情報を仄《ほの》めかされ、グレイは思わず赤毛の青年の肩を鷲《わし》づかみ、壁に押しつけた。

「行方を知ってるのか？　どこだ…っ」

「教えたら…迎えに行くつもり？」

「当然だ」

「……一昨日の夜、あいつを抱いた？」

うつむいてぽそぽそと重ねられる言葉に、グレイは思わず息を飲んだ。しかし、ここまできたら誤魔化しても意味はない。

「ああ」

「——…それで情が湧いて、縋りを戻すつもりかよ」

「キール、今はそれどころじゃ」

「オレ…一回だけなら目をつむるって言ったけど、あんたをあきらめるとは言ってない」

「すまない、キール」

そのひと言で、食いしばっていたキールの唇が小さく戦慄《おのの》いた。肩の震えを長く深い溜息で抑えてから、キールは意を決したように口を開いた。

「——ショアの行き先は東海危険水域だよ」

「東海危険水域？　何しにそんな場所へ行ったんだ。あそこは近づいた者の命を喰らう正体不明の汚染区域だぞ。あいつはそれを」

「知ってる。それに、生還できるか分からないのも承知で行った」

「な…んだって……？」

「たぶんショアは戻って来ない。帰りを待っても無駄だし、今さら追いかけても手遅れ」

生還できないというキールの言葉が脳裏を駆けめぐり、グレイは震える指先で小さな紙片を胸ポケットから取り出した。

淡々《たんたん》と書かれた『さようなら』の文字を改めて見つめ、歯を食いしばる。

——そういう意味だったのか。

「畜生…ッ」

何も言わず姿を消し、書き置きもわざと見つけにくい場所に残したショアの真意を察したグレイは、壁に拳を叩きつけた。

——もしも俺がショアの部屋まで探しに行かなければ、異変に気づくのはもっとずっと先になっていた。

まるでそれを望んでいたかのようなふるまいに、怒りにも似た悲しみが湧き上がる。

「キール、知ってることを教えてくれ。ショアの目的は何なんだ？」

自分をにらみ上げてくる赤毛の青年につめ寄り、肩を強くつかんで揺さぶる。一刻も早くショアを追いかけなければ。

『嘘でもいいから、好きって言って』

抱かれる前、ショアはそう懇願した。そのあとはどんなにグレイが愛をささやいても、どこか寂しそうな微笑みを浮かべていた。もしもショアが、あの夜のグレイの言葉と行動の全てを、嘘と同情によるものだと思いこんだままなら…。

このまま彼を死なせてはならない。

「……頼むキール。俺はどうしてもショアを助けたい。助けなければいけないんだ」

肩をつかんだ両手が苦い後悔で小刻みに震える。あんなにも必死にすがりついてきた愛しい存在を、このまま失うわけにはいかない。

それだけは絶対に避けたい。

見下ろしたキールの瞳に浮かぶ涙の気配と、血の気をなくした頬を痛ましいと思う余裕が今のグレイにはない。

キールは何度か唇を震わせてからあきらめたようにまぶたを伏せ、ぽつりとつぶやいた。

「――…詳しいことは本部長が知ってる」

「ありがとう、キール」

迷いなく踵を返して自分の元を去って行く男の背中を、キールはぼんやりと見送った。

「…オレってバカ。いくら可哀想でも、恋敵に同情なんてするんじゃなかった」

最後にこぼした赤毛の青年の言葉が、走り出したグレイの耳に届くことはなかった。


採掘舎本部に駆けつけたグレイは主任をつかまえ、本部長への面会を申込んだ。

「本部長は今、来客に応対中だ」

「緊急の用件なんです。新鉱床発見のふりでもして入室します」

「お、おいグレイ」

止めようとする主任をふりきり、グレイは本部長室の扉を開けた。前室に控えていた秘書の制止もかわして本扉を開けたとたん、ふたつの視線が飛んで来た。

「何事だ、オルソン・グレイ」

本部長の誰何《すいか》に答えることも忘れ、グレイは部屋の中央から尊大《そんだい》な様子で見返してくる

銀髪の男をにらみつけた。

「何であんたがここにいるっ！」

アストラン研究所所長エルリンク・クリシュナは、グレイの詰問を瞬きひとつで叩き落とし、本部長に向き直った。

「時間が惜しい。本部長殿、一刻も早くショア・ランカームを呼び戻していただきたい」

「しかし、それは」

「彼がこの事務所から東海危険水域に向かったことは確認済みだ。そして東北東千二百キロ地点で消息が途絶えた」

「なぜそんなに詳しく…」

グレイと同じ疑問を発した本部長に向かって、エルリンクは薄い鞄を開いて見せる。

「この光点がショアの現在地を示している。彼に装着した発信器の追跡可能範囲は千五百キロ。それが途中で途絶えたということは、海中に潜《もぐ》ったか、彼自身に何かあったか。ふたつにひとつ」

「研究所ではいつの間にこのような物を開発したのですか？　先の評議大会で報告された記憶はありませんが」

本部長はショアの所在よりも、目の前の見慣れない装置に興味を引かれたらしい。

「これは試作品です。実用化の目処《めど》はまだ立っていませんので――」

それよりも、と言いかけたエルリンクをさえぎりグレイは本部長に喰ってかかった。

「本部長、ショアがどこへ向かったのか知っているなら教えてください」

「いくら君の願いでも教えるわけにはいかん。クリシュナ所長にもです。ショア・ランカームが危険水域に向かったのは、単に研究所に依頼された遺跡調査のためです。そのことでどうしてこれほど騒がれるのか、そちらの方が腑に落ちませんな」

頑なに突っぱねる本部長に刺すような視線を向け、エルリンクは冷たく言い放った。

「どんな理由で彼を危険水域に送り込んだのか知らないが、あれは私の息子だ。海底都市《アウリム》の採掘仕事のために命を危険にさらすような真似は、即刻中止していただきたい」

「息子…？」

「正確には養子だ」

養子とはいえ自分が育てた子供を抱いたりするのかと、非難をこめたグレイの視線を、エルリンクは糸のように細い眼鏡のつるを中指で押し上げることで躱《かわ》した。

「オルソン・グレイ、どこへ行くんだ」

「本部長がどうしても教える気がないのなら、休暇中の班員をかき集めて捜索《そうさく》に当たります。とりあえずありったけの船に招集《しょうしゅう》をかけて、東北東千二百キロ地点に結集、ですね」

「ま、待て」

「本部長がショアの居所を教えてくれるなら、捜索は極力隠密《おんみつ》で行いますが？」

対外的に騒がれたくなければ協力しろ。言外に脅しを含んだグレイの言葉は覿面《てきめん》に効力を発揮した。

そして一時間後。グレイとエルリンクは同じ船上にいる。

本部長から聞き出したショアの潜行場所まで丸二日の距離。光点《こうてん》の復活しない追跡画面を覗き込んでいるエルリンクの背中に向けて、グレイは礫《つぶて》のように吐き捨てた。

「発信器なんて、いつからつけてたんだ？」

中央公園で連れ去ろうとしたときか、それとも廃鉱跡地《はいこうあとち》でキスして見せたときか。いやそれより以前だろう。そうでなければあれほど簡単にショアを探し出せるわけがない。

「君に答える義務などない」

「言っとくけど、あいつを無事連れ戻しても、あんたには渡さないから」

「それはショアが決めることだろう。どちらにせよ、摘出手術のためには研究所に戻る必要があるがね」

「摘出って、…あんたあいつに腫瘍があることを知ってたのか？」

「腫瘍？　チップのまちがいではないのか」

「チップ？」

グレイとエルリンクは互いに不信の眼差しを交わし、次の言葉を探りあった。

「俺はあんたに聞きたいことがある」

先に口を開いたのはグレイだ。

「答える義務はないと言ったはずだ」

対するエルリンクはどこまでも素っ気ない。

「義務はあるだろ。俺が協力しなけりゃ、あんたひとりでどうやってショアを救い出すつもりなんだ？」

「…」

「あいつの全身に残ってる傷跡、それに嫌がらせで送りつけてきた例の写真。どっちも犯人はあんただ。とぼけても無駄だぜ。ショア本人に確認してある」

「――それで？」

「義理とはいえ息子相手に、少し行きすぎた行為だと思うのは、たぶん俺だけじゃないはずだ。栄《は》えあるアストラン研究所所長としては、公表されたらまずいことになるんじゃないのか？」

グレイが当てこすると、エルリンクは小さな追跡画面から顔を上げ、刺し殺せるほどきつい視線でにらみ返してきた。

「……脅しのつもりか」

「知ってることを話せよ」

「答える前にひとつ確認したいんだが、先刻の腫瘍というのは頭にできたものか？」

「そうだ。俺が直接確認したわけじゃないが、額の少し上、このへんにあるらしい。たぶんそれが原因だろうけど、ときどき発作を起こしてた。頭痛に吐き気、全身の痙攣《けいれん》と軽い呼吸困難」

グレイが左前頭部を指差して見せると、エルリンクはあごに指を当てて考え込んだ。

「今度は俺が聞く番だ。ショアの身体の傷は虐待か？」

「ちがう」

「じゃあ何だ」

「人類愛の現れ」

はぐらかされている。そう断じた瞬間、グレイの拳は細い銀縁眼鏡を払い飛ばしていた。

「はっきり答えろッ！」

光沢のある白い上着の襟元をねじり上げ壁に押しつけ、窒息《ちっそく》寸前まで喉元《のどもと》を抑えつけてから、床に叩きつけるつもりで突き飛ばす。

「…噂通り、海底《した》の人間は野蛮《やばん》だな」

エルリンクはかろうじて片ひざをついて体勢を立て直すと、右手で乱れた銀髪を梳き上げ左手で喉元をかばいながら立ち上がった。

「お望みなら、研究所の頭でっかちに野蛮人の拳《こぶし》の力を思い知らせてやるぜ」

グレイがにぎりしめた拳を誇示《こじ》しながらわざと粗野《そや》な物言いをして見せると、エルリンクの虚勢《きょせい》がわずかに揺らぐ。

「――あの子は水腐病の抗体保持者だ」

「抗体…？」

「そうだ。特効薬開発前、水腐病に対抗できる唯一の…そして完璧な抗体を持っていた」

「な、んだ…って」

「あの傷は実験体として、その身を十五年間研究所と人類に捧げた結果だ」

グレイの視界がぐらりと揺れた。ちがう、自分の身体が揺れたのだ。

――十五年間、実験体として？

ショアはなぜそのことを俺に言わなかったのか。何度も聞いたのに。研究所のことや、エルリンクとの関係を聞きだそうとするたび苦しそうに発作を起こして…。

「……あんた、ショアの体に何か細工をしただろう？」

グレイの脳裏に散らばっていた不審の破片《はへん》がひとつの形をとりはじめる。

「機密漏洩《ろうえい》を防ぐ手段はとらせてもらったが、そのことで君に非難される覚えはない」

襟元を直しながら慎重に距離をとる銀髪の男を、グレイはにらみつけた。

この男が言っていることが事実なら、あの発作は腫瘍のせいだけではなく、人為的《じんいてき》に作り出されていたことになる。

それを自分は何と言って追いつめたか。

嫉妬からとはいえ己がぶつけた心ない仕打ちを思い出し、グレイはきつく両目を閉じた。まぶたの裏に、涙をこらえて不実を否定するショアの蒼い瞳がよみがえる。

言いたいことを言えず唇を噛みしめ、震えていた薄い肩。にぎりしめた細い指。

「あんた、ショアのこと『役立たずになったからもういらない』と言って、不要品扱いしたそうだな」

「――…！」

今度はエルリンクが目を瞠《みは》る番だった。

「その上、口封じの処置をして住処《すみか》を追い出したのか…ッ」

驚きのあまり硬直している銀髪男の襟元をつかみ、もう一度揺さぶりかけて手を離す。

そんな悲惨《ひさん》な目にあったとは想像もできず、グレイは自分の思い込みだけでショアの不誠実さを責めた。ショアは真実を話さないのではなく、話せなかっただけなのに。

「聞かれて…いたのか」

呆然とつぶやくエルリンクをその場に捨て置き、グレイは部屋を出た。

エルリンクはショアの全身に傷痕を残し、グレイは心に傷を残した。

傷を癒《い》やし、すべてを償《つぐな》うためにも、必ずショアを助け出さなければいけない。

――必ず。

11 「滄海遺恋《そうかいいれん》」

海は深さを増すごとに碧《みどり》から青、そして濃紺へと色を変えてゆく。

危険水域の手前で母船から海中に送り出されたショアは、徐々に深度を下げていった。本来復座式《ふくざしき》の潜水艇をたったひとりで操縦していることへの恐れはない。

艇《ふね》には十日分の生命維持に必要な酸素、水、食糧、動力が積み込まれているが、高濃度汚染水域への滞在は一日が限度であるというのが事前の予測である。軽度汚染水域から目標地点まで約一日、爆破作業に半日から一日。そして帰還に一日。その間、目に見えない正体不明の汚染物質がショアの身体にどれほど影響を与えるか、誰にも予測できない。

『ショア・ランカーム、そろそろ汚染水域へ進入する。異常はないか？』

「了解しました。今のところすべて順調です」

母船から届いた警告に返答してしまうと、大気圧に保たれた艇内は静かになった。

操縦席のある前球殻《ぜんきゅうかく》は半分が透明板《クラルス》でできており、ほぼ一八〇が度見渡せる。

艇を進めるにつれ、前方に広がる海中世界は殺伐《さつばつ》としてきた。珊瑚《さんご》が姿を消し、魚影《ぎょえい》が無くなり甲殻類《こうかくるい》も消えた。眼下には青味がかった灰色の泥土《でいど》が果てしなく続き、ときどき黒くねじれた岩影が現れては消えてゆく。

操縦訓練のため、グレイと一緒に何度か潜った美しい海とはまるで別世界である。

いくつかの崖を慎重に下り、入り組んだ勾配《こうばい》をこえると、山脈と山脈がぶつかって生まれた瘤《こぶ》のような地形に行きついた。

『ショ……そこ…高濃…汚…域、危…注意』

「了解しました。通信状態が悪いのでこれが最後の返信となります。任務完了は三十八時間後、母船への帰還は六十二時間後の予定」

かすかに聞きとれた『幸運を』という母船からの返事を確認して通信機を切ると、ショアは、まるで地底王国への入口のような洞穴《どうけつ》に向かってゆっくりと潜水艇を進めた。

深度三百メートル。かろうじて太陽光が届く限界域から、ひびわれのような洞穴内に入ったとたん視界は真闇《まやみ》に覆われた。操作盤が発する淡い光だけではとうてい太刀打《たちう》ちできない。照光機を点け、ソナーで前方の地形を確認しつつまがりくねった洞内を進む。

洞穴は細長い菱形《ひしがた》に近い形で、一番広い場所は六、七メートル前後。ときどき潜水艇の横幅ぎりぎりという狭い場所がいくつかあったものの、なんとか切り抜ける。

何度も休憩をとり、現在位置の確認を重ね、予定より二時間遅れでようやく目標地点にたどりつく。

「…ここが旧世界遺跡」

亀裂《きれつ》のような洞穴を抜けた先に現れたのは、淡い燐光に満たされた巨大な空間。まるで粘土で精巧《せいこう》に造られた市街地の模型を、幼児が思いつくまま折り曲げ、ひねり潰したあとで、幸運にも破壊を免れた空隙《くうげき》のような、そんな場所だった。

視界のおよぶかぎり上方から斜めに横切り、下方の闇に消えているかつての地面。そこから垂直に伸びる旧世界の建物たち。目の前に広がる景観《けいかん》に言葉を失いつつ、ショアは緑色を帯びた空間に艇を進め、天変地異による破壊を免れ二千年前の姿を留めている建造物の確認を続けた。

ショアと海底都市政府が下した結論は「採取」ではなく「破壊」である。洞穴の入り口だけを塞いでも、この遺跡が残っているかぎり、後の世の災いとなる可能性がある。ショアは燐光を帯びた場所を丹念に調べ地形を把握すると、爆薬埋め込み地点の計算をはじめた。

潜水艇はふたつの球を連ねた形で、両側面に平衡用スラスターとバラストタンク、後方は推進装置という造りである。ふたつの球はハッチによってそれぞれ完全に独立しており、前が操縦席で後ろは艇外排出用ポッド。ここで大気圧に保たれた潜水衣《せんすいい》を身に着ければ、艇外作業が可能になる。

高濃度汚染水域の中心である遺跡に到着してからすでに六時間が経過している。今のところ自覚できる障害は軽い目眩《めまい》と注意力散漫《さんまん》。それが疲労によるものか、それとも旧世界が残した汚染物質によるものか判然としない。

爆破地点の計算を終えたショアは短い休憩のあと、覚悟を決めて艇外へ出た。三十個の爆薬をそれぞれ設置し終わるまでに十二時間。時間が経つにつれ倦怠感《けんたいかん》と疲労が増大する。ひとつにまとめたリード線を潜水艇に繋いだところで、ショアははっきりと体調の変化を自覚した。目眩と吐き気と悪寒《おかん》。視力も低下している。

すべての作業を終えて艇内に戻ると、しばらくは身動《みじろ》ぐこともできない。潜水服を脱いで操縦席に移り、深い溜息を吐く。

――これが『汚染』の威力なのか…。

まぶたを閉じても目眩は治まらない。けれどぐずぐずしている暇はない。身体が動く間に旧世界の負の遺産を爆破するという目的だけは遂《と》げなければ。

ショアはかすむ目で計器を確認し、潜水艇を洞穴口まで進めた。あとはリード線の続くかぎり遺跡から遠ざかり、起爆スイッチを入れるだけだ。

洞穴の全長は約一〇キロメートル。リード線が尽きたのは遺跡から一・三キロメートル地点。そこが狭い場所だったため、爆破の振動による落盤《らくばん》が起きても逃げやすいよう五十メートルほど戻り、壁面の窪みに艇を寄せる。

「気休めにすぎないけど…」

つぶやいたとたん、ひどい咳が出た。胸から喉にかけて痛みが広がり全身が汗ばむ。

一時的な酸欠状態で遠のきかけた意識を必死で繋ぎ止めると、ショアは胸ポケットから一枚の写真をとり出した。

「グレイ…」

淡い室内灯の下でも明るく輝く碧い海を見つめ、男の瞳によく似た風景に向かって小さくささやきかける。

「……さよなら」

覚悟を決め、爆破装置を起動させると同時に爆発音が響き渡った。

海中では空気中の四倍以上の早さで音が伝わる。地の底がねじれるような低い地鳴りに続いて、巨大な獣の咆吼《ほうこう》にも似た長く激しい旧世界の断末魔《だんまつま》が轟く。項が毛羽立つような悪寒を感じたショアが視線をめぐらせると、帰路となる方向でも落盤が起きていた。

二度三度、突き上げるような振動のあと、最後に遺跡の方向から濃い泥幕《でいまく》と衝撃波が襲いかかり、ショアを乗せた潜水艇を右に左に激しく揺さぶる。安全帯でしっかり固定された操縦席に身を預け、ショアは目を閉じた。

耳元で銅鑼《ドラ》を鳴らされたような衝撃が、少しずつ遠ざかり、やがて遠雷《えんらい》のように消えてゆく。

どのくらい経ったのか。コツン…と小さな音が響いて、ショアは伏せていた顔を上げた。小石が後部球殻に当たっただけらしい。

ゆっくり目を開くと、かすむ視線に四角く切りとられた碧い海が飛び込んできた。ひざの上に落ちた写真をそっと両手で掲げ持ち、温もりが移るほど見つめ続ける。

グレイにもらった写真。目で見て触れる唯一の思い出の品。指先から、あの夜のグレイの温もりが伝わってくる。

嘘をついたり誤解されたりして嫌われてしまったけれど、この写真を与えてくれたときグレイはまだショアを愛していた。その大らかなやさしさも本物だった。

手のひらで包み込める小さな紙片。

それがショアに残された最後の温もりであり、愛の欠片であった。

「……グレイ」

男の名を呼ぶと涙がこぼれた。

涙で揺れる視線の先、小さな印画紙に重なるように懐かしい情景が広がる。

白い砂浜、木陰の昼寝。小波の子守歌。

「――…帰りたい」

父母の温もり。たぐり寄せようとすると幻のように消え失せるそれらが、本当に自分の記憶なのかも曖昧になる。それほど遠く離れてしまった。あの場所から。

何の心配も不安もなく、辛いことも悲しいことも、母の胸で泣き父の腕に抱き上げてもらえば消え失せた幸せな日々。

グレイにもらった小さな碧い海を抱きしめ、ショアは静かに涙を流した。

「グレイ…、僕は帰りたい」

それは、頭部に腫瘍があることを教えられ、キールの代わりに今回の任務を志願したときから完全に消え果てていた生への執着を、ショアがとり戻した瞬間だった。

——例え、二度とグレイに愛してもらえなくても…。僕にはもうひとつだけ叶えたい夢がある。——

ショアは涙でにじんだ印画紙を操作盤に貼りつけた。それから涙をふいて計器類を点検し、慎重に傾いた潜水艇を立て直しはじめる。

周囲は濃密な泥幕に覆われている。船外照光機は墨汁《ぼくじゅう》の中で灯りを点したような状態で、水中に舞い上がった泥幕が沈下して視界が確保されるまで役には立たない。落盤で往路とは地形も変わっている。ソナーだけを頼りに進むのは不可能だ。

動力を無駄にしないよう非常灯だけ残して灯りを落とし、睡眠《すいみん》と食事をとり、体力を保つよう努めながら視界の回復を待つ。

食糧と酸素の残量は五日分。それらを消費してしまうより、ショアの体力と生命力が尽きる方が早そうだった。

視力の低下と意識の混濁《こんだく》には歯止めがかからない。全身の倦怠感は一分一秒ごとに増してゆくようだった。医師に処方してもらった痛み止めが切れたせいか、それとも汚染物質のせいか頭痛が間断《かんだん》無く続き、やがて激しい吐き気のせいで食事が喉を通らなくなる。

丸一日が過ぎても舞い上がった泥はほとんど沈まず、視界は三〇センチ先の岩影がようやく見分けられる程度でしかない。視界回復率の悪さに嫌な予感を抱きつつ、ショアは覚悟を決めてゆっくり出口方面へ艇を進めた。

深海の高水圧中では、わずかな衝撃でも殻壁《かくへき》の破損《はそん》に繋がる。落盤跡の生々しい洞穴を進むのは往路の何倍も時間がかかる。

距離にして五百メートルも進まない内に、ショアは艇を止めた。

「やっぱり…」

洞穴は岩壁によって完全に塞がれていた。泥幕がなかなか沈まなかったのは海流が止まったせいだったのだ。

——終わりだ…。

一度は捨てかけた命と夢をなんとか繋げようとがんばったけれど、これで終わり。

ショアは操縦席を倒して楽な姿勢をとると、操作盤から写真を持ち上げた。小さな海を右手で胸に押しつけ、さらに左手を重ねる。

目を閉じると、深い闇がやさしく両手を広げて近づいてきた。

闇色の腕は鈍い銀色に変わる。白い長衣がひるがえり、光を反射する細い銀縁眼鏡と、額にかかる細工物のような銀髪がふり返る。

銀と白をにじませた人形が差し伸べた両手を、ショアは静かに拒絶した。

――エリィ、僕は貴方が好きだった。貴方の寂しさを埋めてあげたかった。でも貴方に必要だったのは僕じゃなく名誉と権力だったんだ。…さようなら。僕は貴方とは行かない。

偽りのやさしさと冷酷でできた白銀の腕が遠ざかると、再び闇が忍び寄る。その闇を追い払うように小さな光が瞬いた。

――ショア…！

懐かしい声とともに、濃度を増してゆく闇に温かな光が広がる。光は明度《めいど》を増しながら近づき、やがてショアの全身を包みこんだ。

明るい瑠璃《るり》色。南海の浅瀬の色。小波のような揺籃《ようらん》、そして陽射しの温もり。力強い腕に抱きしめられ、ショアは死への抗《あらが》いと恐れを忘れ、すべての苦しみと悲しみを忘れた。

幻でも夢でもいい。この温もりに包まれて逝けるなら。

グレイ、貴方を愛してる――。

すがりついた幻の胸に顔を埋め、つぶやいた告白。

それが、ショアの覚えている最後の記憶になった。

エピローグ　「旅立ち」

紺碧の海面をすべるように一艘《いっそう》の白い帆船が進んでゆく。風をはらんだ横帆《おうはん》は乙女の胸のように初々《ういうい》しくふくらみ、陽射しを弾いて白く輝いている。

舳先に立って両手を広げ、五本の指で風を切りながら空をふりあおげば、中天はどこまでも青く、水平線に近づくにつれ明るさを増す。遮蔽《しゃへい》物のない場所に立つと意識が光の速さで放射状に広がってゆく気がする。

うっとりと目を閉じ、身体が宙に浮きそうな安息《あんそく》と幸福感に包まれた瞬間、病み上がりの身体が風圧に耐えきれずよろめいた。

「大丈夫か」

すぐ後ろに控えていた男の逞《たくま》しい腕に抱きとめられ、心配そうに覗き込まれて、ショアは微笑んでうなずいた。

「平気。気持ちよすぎてよろけただけ」

「そうか」

男はそう返事をしたものの、抱きしめた腕の力を抜くつもりはないらしい。今にも抱き上げられそうな気配を察して、ショアは心配顔の男をなだめた。

「グレイ？　もう平気だよ」

海風の中、苦しそうに寄せられた男の眉間にショアは人差し指を当て、そのままゆっくり鼻梁《びりょう》をたどる。小鼻からそっと指先をすべらせ、出会った頃よりもずいぶん鋭角的《えいかくてき》になった頬を両手で包みこみ、苦しげに引き結ばれた男の唇を見上げた。

「グレイ、僕はもう大丈夫だから。そんなに心配しないで」

爪先立ちで背伸びをして自分からそっと唇接けると、グレイは驚いたように目を開けた。

「…ああ、そうだな。頭ではわかってるんだ。だけどあの日から――」

おまえの小さな咳ひとつで俺の胸は張り裂けそうになるんだ。そう言い重ねる代わりにグレイはショアを抱きしめた。

「少しでも具合が悪くなったら言ってくれ」

「うん」

甘やかされる幸福に包まれながらショアは素直にうなずいた。背中にまわされた腕から、彼がどれほど自分を心配してくれているか痛いほど伝わってくる。

海底洞穴に閉じこめられ死にかけていたところをグレイに救出されたのは、もう半年も前になる。救出と同時に研究所へ運び込まれ、腫瘍とチップの摘出手術を受けた。

エルリンクにさんざん脅されたチップは、摘出された腫瘍に包まれた形でひっそりと沈黙していた。例えキーワードが発動して溶解していたとしても、腫瘍の存在が逆にショアの命を救っていたかもしれない。そんな皮肉な状態であった。

半月近くも生死の境をさまよい続け、ようやく死線を脱《だっ》したあとも、高濃度汚染海域に長時間身を置いた後遺症は慢性疲労《まんせいひろう》や発疹《ほっしん》、感染症、視力障害となって現れた。

術後二カ月は朦朧《もうろう》とした意識混濁《こんだく》状態が続いたせいで、ショアにはその間の記憶があまり残っていない。けれど目覚めるたび、最初に目に入るのは南国の浅瀬の色をした瞳。そして耳元でささやく少しかすれた低い声。

――ショア、おまえを愛してる。愚《おろ》かだった俺を許してくれ…。

おだやかに打ち寄せる波のような、愛のささやきと謝罪の言葉。指先に、手の甲に、そして唇にやさしく落とされる唇接けの感触。最先端の医療と手篤《てあつ》い看護、何よりもずっと傍にいてくれたグレイの愛情に引き戻されるように、ショアは死の淵《ふち》から戻ってきた。

目覚めは、にじむような乳白色の光の中。

投げ出した両手を包む温もりをたどると、右側には灰色と褐色、左側には銀色と白色をまとった人影が揺れていた。右手を包む手指は大きく温かく、左手は少しひんやりとして細長い。ショアの視線はごく自然に右側へと流れた。

「ショア、俺がわかるか？」

震える声に覗き込まれ、小さくうなずく。

「…グレイ」

かすれ声で答えたとたん、にぎりしめられた指先に温かな雫がこぼれ落ちた。

「…どうして、泣くの？」

「お前が死ぬかもしれないと思ったからだ」

ショアの視界は、自分の指の数も数えられないほどかすんでいる。肩を震わせながらそっと顔を寄せてくる男の表情は見分けられなくても、その声が後悔にひびわれていることは理解できた。泣かないで…と、慰めたくて左手を差し出そうとした瞬間、

「ショア、私がわかるか？」

鉱石のような声に鼓膜《こまく》を刺激され、無意識に避けていた左側にゆっくり視線を向けた。

「――エ、…リィ？」

グレイがいて自分がいてエルリンクがいる。

状況を理解したとたんショアは恐慌《きょうこう》に陥《おちい》りかけた。銀髪の養父と会ったところをグレイに見られたとき、どれほど誤解され冷たい言葉を叩きつけられたか。辛い記憶がよみがえり、時系列《じけいれつ》が混乱する。

「ちが…う、エリィとは関係ない。グレイ、信じて。ちが…っ」

少しでもエルリンクから遠ざかろうと、衰弱《すいじゃく》して言うことを聞かない身をよじり、必死になって言いつのった言葉尻《ことばじり》は、そっと抱き寄せられた男の胸に吸い込まれた。

「わかってる、おまえは何も悪くない。俺が勝手に誤解して追いつめた。おまえは何も悪

くないのに、……何ひとつ悪いことも不誠実なこともしていなかったのに。嫉妬《しっと》に狂ってひどいことばかり言った。ひどい仕打ちをして、すまなかった…本当に」

——もしも許してくれるなら、もう一度おまえを愛したい。大切にしたい。誰よりも幸せにしたい。愚かな俺の過ちを償う機会を与えて欲しい。

胸から胸へ、直接流れ込む謝罪と求愛の言葉が、弱りきったショアの身体に沁み込む。乾いた砂地を潤す満ち潮のように。

「……グレイ」

答えの代わりに、ショアは精一杯男の背中を抱きしめた。萎えた腕がずり落ちそうになるたびに必死にすがりつき、名を呼び、唇接けをねだる。

項と肩を支えられ、互いにかさついた唇が重なった瞬間、左側で固まっていた銀白色の影がゆらりと立ち上がり遠ざかって行った。

エルリンクはその後も治療の指示のため病室を訪れたが、扉の外からふたりの様子をうかがうことはあっても、再び室内に足を踏み入れることはなかった。


最上階の執務室に戻り、椅子に腰を下ろしたエルリンクは、壁際に鎮座している——現在では世界に三架《さんか》しかない——ローズウッド製の棚に視線を向けて立ち上がった。

光沢のある鍵つきの扉を開け、手前に並んでいる研究史を取り除くと、奥の方に順序よく保管されている何枚もの古い記録盤《ディスク》が現れる。それは、ある実験体の十五年間の成長記録だった。正式な観察データは研究所の資料庫に納められているが、ここにあるのはそれとは別のごく日常的なもの。たとえて言うなら、一部の特権階級が本来公共物である記録装置を使って、自分の子どもの成長を記録し、こっそり保存しているような。

『ショア＝ランカーム（五歳～）』

実験体の名前と研究所で暮らした年の数だけあるその記録盤を、エルリンクは両手で無造作につかみ出すと、窓に向かって思いきり投げつけた。派手な音のわりに強化透明板《クラルス》製の窓は傷ひとつつかず、反対に古い記録盤は外箱が割れて中身が飛び出し、床や窓際に置かれたソファの上に散乱する。

苛々と窓辺に近づき、陽を弾いてきらめく記録盤の一枚をつまみ上げたエルリンクは、もう一度壁に投げつけようとしてふっと我に返り、力なく腕を下ろした。そのまま破片の飛び散ったソファにぐったり座り込むと、手のひらで両目を覆って深い溜息を吐いた。

しばらくそうしてから、思い出したように、にぎりしめていた記録盤を執務机の脇にある再生装置に放り込む。すぐにあまり精度のよくない映像がモニタに映し出された。

『――エ…リィ！　まって、まっ…て！　行っちゃやだ…ッ』

舌足らずな声で必死に追いすがる幼い声。あれは八歳の秋。珍しく風邪をひいたエルリンクが、ショアにうつさないよう数日接触を断った後だ。

久しぶりに訪れた養父がいつものように部屋から出ていこうとしたとたん、

『どこにも行かないで、行っちゃやだ…。ずっと…側にいて』

姿を見せなかった数日間がよほど堪《こた》えたのか、ショアはこの世の終わりが来そうな顔で、両目に涙を浮かべて白衣にしがみついてきた。実験体の精神状態をそれ以上乱すのはよろしくないという理由で、エルリンクはその晩ショアと一緒に眠ることにした。

『しかたのない甘ったれだ』

抱き上げてそう言ってやると、瞬きをしたショアの大きな蒼い瞳から水晶のような涙がぽろりとこぼれ落ちる。エルリンクが思わず透明な雫の行方を目で追うと、ショアはくしゃりと笑顔を浮かべて養父の首にしがみついた。

『エリィ、…好き。大好き！』

再生された子どもの声が室内に響いた瞬間、執務机の端に置かれた小さな透明容器の中で「バチッ」とかすかな破裂音が生まれた。

「な…――」

エルリンクは有り得ない思いで立ち上がり、思わずよろめきながら透明容器に手を伸ばした。中に入っていたのはショアの頭部から摘出したチップ。前研究所所長サンミルが埋め込んだ殺人機械だ。

——君が養い子に自ら埋め込んだあのチップには、秘密の仕掛けがあってね。…ある言葉を口にすると自己融解を起こす……。

卑劣な男の言葉が脳裏によみがえる。融解を誘発する『ある言葉』が何であるのか、サンミルは誰にも教えないまま姿を消した。だからこそ、それを口にする前に摘出したくて、エルリンクはショアを連れ戻すために必死だったのだ。そのキーワードが、

——エリィ…好き。

「は…」

なんてことだ。サンミルの悪趣味には反吐《へど》が出る。

エルリンクに捨てられたと思い込み研究所から出て行ったショアが、その言葉を口にする確立はきわめて低い。再びエルリンクを愛称で呼び、好きと口にするのは、ふたりの間に和解が成立したときだろう。そして同時にショアの命が終わるのだ。サンミルはそれを見越《みこ》してキーワードを設定したに違いない。どこまでも悪趣味で、そして残酷な復讐。

「——……ッ」

卑劣な男に対して腹を立てすぎたせいか、涙が出てきた。感情を制御できないことなど滅多にないのに…。十五年間、抗体採取と特効薬開発の実験体としてとはいえ、それなりに気を使い手間暇《てまひま》かけて育ててきた子どもから、手ひどい拒絶と断絶を受けて、柄《がら》にもなく弱気になっているのか。

明日から始まる四海会議に提出する開発条例改定案や、予算増額の申請要項に意識を向けてみても、どうしても涙を止めることができない。そのまま、エルリンク・クリシュナの時間は静かに過ぎていった。

ショアの体調は、その後も一進一退《いっしんいったい》をくり返しながら、やがてゆっくり回復しはじめた。ショアを助けるため、自身の危険を顧みず高濃度汚染海域に乗り込んだグレイにも同様の後遺症が現れたが、大事に至ることなく乗りこえることができた。

半年近くの療養中、ショアとグレイは誤解を解き、互いの絆《きずな》を深めあい労りあった。

エルリンクがショアへの執着をあきらめたように、キールもグレイの元に姿を現すことは一度もなかった。病状が安定してからようやくそのことに思い至ったショアは、ちょうど見舞いに訪れたロアンにこっそり訊ねた。

「キールは…、どうしてる?」

「グレイには見込みがないって思い知って、自棄酒《やけざけ》飲んでふて寝して、しばらく荒れてたけど…、まあ大丈夫だろう」

「僕が…」

「あんたのせいじゃない。ひとりの人間に複数の求愛者が現れた場合、どうしたってあぶれるやつが出てくる。今回はそれがキールだったってだけだ。残酷なようだが仕方ない。相手が代われればキールが選ばれて誰かが泣く。恋愛なんてそんなものだ」

年輩者らしいロアンの達観《たっかん》ぶりに、ショアは少しだけ慰められた。

やがてショアの容態が安定し、日常生活を送れる程度まで回復すると、グレイは有志《ゆうし》を引き連れて南海調査に乗り出した。

今、ふたりが立っている白い帆船の行き先はショアの生まれ故郷である南の小島だ。

名目は南部海域の実態調査および新鉱床探査だったが、水腐病で全滅した故郷の島を、花と緑に囲まれた楽園に戻すというショアの夢を、叶えてやりたいというのがグレイの本音だ。

航路が確保されれば移住も可能になる。緑と陽の光があふれる小さな楽園は、水位が下がる数千年先の未来まで海底都市で生き抜いていかなければならない人々に、ひと時の安息と活力を与える場所になるだろう。

小さな島とはいえ辺境の地。夢が叶うまで数年単位の仕事になるかもしれない。しかし舳先に立つショアとグレイの瞳には希望が宿っている。

空と海が混じりあう水平線の彼方を見つめていたショアの肩を、グレイがそっと引き寄せた。見上げると以前より深みを増した碧い瞳が近づいてくる。

「…ぁ」

唇に少し遅れて、胸と腰も重なりあう。

病み上がりとは別の理由で目眩を起こしかけ、逞しい背中にすがりついた瞬間、

「ウォッホン！　班長、ショア。お茶が入ったそうですよ」

舳先で抱きあう恋人同士に、大げさな咳払《せきばら》いと明るい声がかけられた。

「うちの奥さんが腕によりをかけて作った焼き菓子は、残さず食べてください」

新婚のタフタフに促されたショアとグレイは微笑んで視線と軽いキスを交わし、礼儀正しくやさしい巨人のあとに続いた。

日は中天から西へと傾き、小波立つ水面《みなも》に光の道筋が生まれる。

吹き抜ける風は甘い未来の夢を呼び寄せ、辛い過去を運び去ってゆく。

風の行方を追いかけ、ふり返りかけたショアの薄い金色の髪を指先にからめて、グレイがささやいた。

「一緒に行こう、どこまでも」

「うん」

抱き寄せられた温かな手に自分の手のひらを重ねてショアはうなずいた。

悲しみは蒼い海の底に沈めてきた。

それはもう二度と、ショアを苦しめることはないだろう。

碧い空に満ちる愛
Love filled to the blue sky

細かい傷痕が無数に散った白い胸の上を、青色の小魚が軽《かろ》やかに行き来している。水晶よりも凝縮《ぎょうしゅく》した透明感を持つ海水が、傾きはじめた午後の陽射しを受けてきらきらと輝き、揺れる波は、水中に夢幻《むげん》のような光の文様《もんよう》を描き続けていた。

島の西の入り江にあるこの小さな浅瀬は、ショアのお気に入りの場所だった。浜から海にかけて、巨人が両腕で水溜まりを抱くように岩が張り出していて、そこに身をひそめると外界からの視線と沖からの波がさえぎられる。岩場の合間には白く細かい砂がしっとりと積もり、人ひとりがゆったり身を横たえるだけの空間がある。

砂地に落ちた瑠璃色《るりいろ》の宝石のような浅瀬の広さは、小規模の公共浴場ほどだろうか。沖からの波をさえぎり、おだやかな海水をたたえた白い砂底に身を横たえ、無造作に投げだしたショアの両脚や腿の裏、ふくらはぎや腕の内側を、光の具合で碧や薄紫色に鱗《うろこ》をきらめかせた南海の魚たちが五匹、十匹と群れを成してはひらめき泳ぐ。

やがて彼らは慣れた様子で足裏をつつきはじめた。

「くすぐったいよ」

いたずらものに向かって笑いながら抗議してみても、魚たちは悪びれもせず身体のそこかしこにまといつき、やがてツンツンと胸の突起に群れ始めた。

ほとんど毎日入り江に通う内に、ショアはこの青い小魚たちが対象物の弱っている部分、例えば擦り傷や、虫に刺されて化膿した場所を敏感に察知して群がってくるのだと気づいた。そして不思議なことに、彼らがつついた場所はそうでない場所よりも治りが早く、痕も残らないことにも。

ショアの白い肌には不似合いなほど赤味を帯びた小さな乳首は、いつもより腫れぼったく、わずかな刺激で痛みと甘い痺れを生む。

「――…ッ」

両目を閉じて、とっさに身を丸めてみても、魚たちはさらに数を増やし、珊瑚色に充血した小さな突起に狙いを定めて突進してくる。

魚たちがいつもより熱心に『そこ』をつついてくる理由は明白。

――グレイのせいだ。

ショアは膝丈《ひざたけ》ほどの浅瀬に頭の天辺までザブンと潜り、思い出したとたん湯気が出そうな昨夜の記憶を碧い水の中でふり払う。それから、まとわりついている魚たちをやさしく手のひらで追い払い、両手でそっと胸元を庇《かば》いながら改めて自分の胸を眺めてみた。

溶かした水晶よりも澄んだ水の中で、わずかに赤味が薄らいで見える小さな乳首。

ふだんはそれほど存在を主張しないふたつの突起を、グレイは昨夜ショアが甘い泣き声を上げるまで執拗に愛撫し続けたのだ。

一年前、危険水域から帰還したあと。ショアの身体は半年に及ぶ治療と静養で、ある程度は回復したものの、一度極端に低下してしまった体力や身体機能はなかなか元通りにはならない。日常生活を送る分には支障はないが、未だに少し無理をしただけで熱を出し、ささいなことでも疲れやすい。

そんなショアを気遣って、グレイは恋人同士の交わりについても配慮してくれている。ショアの体調がよほどいい日でなければ最後まではしない。その代わり、キスをして抱きしめて甘い愛の言葉をささやく。

そうしたひとつひとつのしぐさに、グレイが自分をどれだけ大切にしてくれているか。それが痛いほど伝わってくるから、昨夜はショアの方からグレイの手を取り、触れて欲しいところへと導いた。

体調もよかったし、深い場所でグレイを感じたかったから。それなのに…。


「グレ…イ。もう、や…」

背後から後孔を穿《うが》たれて、久しぶりの熱い昂りにショアの身体が馴染むまで、横抱きの姿勢で辛抱強く待ってもらえたのはよかった。けれど、その間ずっと弄《いじ》られ続けた乳首はすでに痺れを通り越し、刺激を受けるたび微細《びさい》な針が全身に散るような、危うい痛みを訴えている。不埒なグレイの指を外そうと、ショアが手のひらを重ねながら哀願すると、

「辛い？　具合が悪くなった？」

驚いて覗き込んできたグレイがあまりに真剣な表情だったので、ショアは安心させるために笑顔を見せてから、少しだけ拗ねた口調で、

「胸…、ひりひりする」

そう言うと、グレイはホッと肩の力を抜いて、ショアの最奥に埋め込んでいた雄芯をゆっくり引き抜いた。それからやさしくショアの身体を仰向《あおむ》かせ、『ごめんな』とささやきながら痺れて赤味の増したそこを丁寧に舌で慰めた。温かく湿った舌でねぶられると、今度はくすぐったくて胸の内側がざわついて逃げ出したくなる。

「そこばっかり、…や」

言いながら身をよじり、胸を庇いかけた両手をグレイに優しくからめ取られて、そのまま頭の両脇に縫いつけられる。

「ショア…」

かすれた低い声で名前を呼ばれ、見上げたグレイの唇が近づいてくる。鼻先にキスが落ちる。それからまぶた。目尻からこめかみ、耳朶を甘噛みされて思わずそらしたあごの先を軽く噛まれ、喘ぐように開いた唇が隙間の無いほど深く重ねられる。浮いた舌がからめ取られ、甘い唾液《だえき》が混じりあいながら喉を下りてゆく。

「……ぅ」

舌を強く吸われるたびにぎりしめた両手を、やんわりと包みこまれ、ベッドに縫い止め

られたまま、親指で指の付け根や手のひらをなぞられる。深いキスに意識を奪われている間、閉じていたはずの両脚の間にグレイの逞しい腰が入り込んできた。

左手が自由になった…と思った次の瞬間、ショアの左脚は付け根から腿にかけて大きく持ち上げられ、あらわになった秘所に再び熱い昂りが押しつけられた。

「…いい？」

つい先刻までグレイの剛直を根本まで含んでいたそこは、ひくつきながら小さな開閉をくり返している。強く押し込まれれば、抗いようもなく受け入れてしまうだろう。それでもこちらの体調を気遣って返事を待つ男に小さくうなずいて見せる。

「…ぁ――」

ゆっくりと身体の内側に入り込んでくるもうひとつの鼓動《こどう》。熱く脈打ちながら芯を穿つ硬さと太さに身を震わせ、自由になった両手でグレイの広い背中にすがりついた。

グレイの欲望を受け入れ身体を繋げたことは、まだ数えるほどしかない。――グレイ以外のひとと、実験という名を借りた性交の経験は数え切れないほどあったけれど…。

「どうした、苦しいか？」

尋《たず》ねる声がやさしい。汗と涙でにじんだ瞳を向けると、グレイの心配そうな碧い瞳がおどろくほど近くでゆらめいていた。まるでショアを慈しむ深い色と、激しく愛したいという雄の本能を秘めた熱情がせめぎあうように。

恥ずかしくて肩口に顔を埋めたまま小さくねだると、背中が浮くほどすっぽりと抱きしめられた。そのままゆったりとした抽挿が始まる。ショアへの負担が最小限になるよう、抜き差しはわずかに抑えられ、身体が、まるでおだやかな波間にただよう花びらのようにゆらめいた。

寄せては返す波のような抽挿の合間に、ショアの乳首はグレイによって舐められたり甘噛みされてゆく。唇でしごくように吸われたかと思えば、唾液で濡れたそこをさらに指先ですくい取るように撫でられ、親指と中指でつまれながらひと差し指で充血した突起を甘く押しつぶされたりする。

体調を崩しやすい恋人を、本能のおもむくまま貪ることのできないグレイの情熱が、あふれ出た結果の行為だとわかっていても、受け入れる方にも限界がある。

それ以上は触らないで…と泣きじゃくりながら子どものようにむずがって見せると、グレイはようやく手を止めて『ごめん』と詫びながらショアを抱きしめた。しばらくすると、それまでより少しだけ抽挿が強まり、何度目かの突き上げのあと身体の内側、深い場所に熱い飛沫が注がれる。思わず背をのけ反らせ、無意識に受け入れたグレイ自身を締め上げながら、ショア自身も吐精した。

「…ん……ッ」

耳元でグレイが小さく息を呑む。そのまま少し動きを止め、やがて何かを思い切るよう深く息を吐き、勢いを取り戻しつつある欲望が名残惜しそうに引き抜かれた。

存在感のあるその刺激に震えながら、ショアは自分の意識がたゆたう眠りの波に呑み込まれそうになるのを感じた。まぶたが重い。

「眠るといい。何も心配はいらないから」

ショアの心の声が聞こえたように、やさしく頼もしい声がキスと一緒に落ちてきて…。


「——……」

昨夜の記憶をふり払うようにショアは勢いよく水面に顔を出し、そのまま立ち上がった。まといついていた青い魚たちが飛沫のようにパッと散らばる。彼らは十数匹ずつに固まると、まるで一匹の魚のように整然とした群れを成して去って行った。

「また明日ね」

互いの行動をすっかり知り尽くした相手に声をかけてから浜に上がり、ぷるる…と頭をふって水滴を飛ばすと、その勢いで視界がぶれて足下がよろけてしまう。

昨夜の情交《じょうこう》が尾を引いている。それは確かだ。けれど今日は昼まで寝かせてもらったし、午後からこなした仕事は軽いデータ整理が数時間。たったそれだけのことで、ふらつく体力の無さが情けない。

ショアは小さな溜息をつきながら、陽射しを浴びて温かな岩場に畳んでおいた服をゆっくり着こんだ。シャツの釦をひとつ留めたところで快活な声で名を呼ばれ、顔を上げるとグレイが手をふりながら近づいてきた。

「南の海域調査が予定より早く終わったから迎えに来た」

言いながら岩場を軽々と飛び越えてショアの前に立つ。

ショアより頭半分背の高いグレイの姿は、同じ症状で数カ月治療を受けたとは思えないほど健康そうだ。南海の陽射しを浴びて、海底都市《アウリム》にいた頃よりこんがりと日焼けしているため、以前より精悍《せいかん》に見える。

島に着いてからグレイは髪を伸ばし始めた。理由は単に面倒くさいということらしいが、本当の理由は、調査隊メンバーの中で唯一散髪を任せられるタフタフが、何やらよからぬ企《たく》みをしているからというものだった。

「企みって？」

「丸刈りとか、模様刈りとか…。どうぜ仲間以外は見る奴がいないんだから、海底都市《アウリム》じゃできない前衛的《ぜんえいてき》な髪型に挑戦したいんだと。お前も気をつけろよ」

おおらかで真面目なタフタフがそんないたずら心を起こすとは驚きだけど、それを怖れて首をすくめ、真面目に忠告してみせるグレイの表情に、笑いが込み上げるショアだった。

無造作に伸びた灰色の髪は、南の島の強い陽射しを毎日浴びて色が抜け、銀に近づきつつある。島に着いてちょうど半年。肩につくかつかないか、そんな長さの髪が風に吹かれると、大洪水前の大陸に生きていた獅子《しし》のたてがみを彷彿《ほうふつ》とさせた。

「ライラが、少し疲れているようだって言ってた。具合が悪いときは遠慮無く仕事を休んでいいんだぞ。元々、お前は療養《りょうよう》のためにこの島に来たようなものなんだし」

無理をするな。心配そうにショアの顔を覗き込んで額に手を当てるグレイの頬や額に、褪《あ》せた銀灰色の髪がかかる。目にかかったそれを少しうるさそうにかき上げるしぐさに、トクンと胸が高鳴る。陽に焼けた甲に比べて白っぽく見える大きな手のひら。長い指。

「ショア?」

「う、うん。でも、大丈夫」

ぼうっと男の顔に見とれていたショアは、あわててうなずいてから、中途半端に止まっていた手を動かした。焦っているせいで胸元の釦がうまく留まらない。

「痛…ッ」

「どうした?」

急いで釦を留めようとシャツを引っ張ったせいで、腫れた乳首が擦れて痛む。

そんなことを正直に言えるはずもなく、ショアは紅くなった頬を隠すようにぶんぶんと首をふる。勢いよく何でもないと言い訳しかけて、今度こそ本当に目眩を起こし、それを予期したようにに差しだされたグレイの腕の中に倒れ込んでしまった。

「大丈夫か」

問いに答えるよりも早く抱き上げられた力強い腕の中で、ショアは小さくうなずいた。

「どこか痛むのか?」

尋ねながら覗き込まれ、あわててシャツの胸元をかき寄せる。うつむいて頬を染めたショアのしぐさで、グレイは昨夜の己の所行を思い出したらしく「あ」「う」と呻《うめ》いたあと、ごめんな…と、ささやきながらそっと頬にキスを落とした。

頬と鼻先にキスしたあとグレイの顔は少しだけ遠ざかり、わずかに何かを待つ気配が漂う。ショアが顔をあげると、笑顔をにじませた男らしい顔がもう一度近づいてきた。

黄水晶《シトリン》から琥珀へと色を変えてゆく午後の斜光を浴びて、グレイの陽に焼けた肌は一層逞しく艶を帯びる。引き締まった頬からあごを指でたどり、痩せてはいても成人男子ひとりを抱えてよろめきもしない、力強く筋肉の盛り上がった肩から首筋に腕を回すと、ショアは彼が望む通り、自分から唇を重ねていった。


ショアの生まれ故郷である南海の小島は、上空から見下ろすと三日月のように見える。その中央からやや東よりに調査隊の宿舎は建てられている。

調査隊のメンバーは隊長であるグレイ、その恋人のショア、副隊長のタフタフとその妻ライラ、通信士のディン、その他あわせて総勢八名。初期調査の予定期間は一年だ。島の気候、潮流や地形、棲息生物《せいそくせいぶつ》の生態を調べ、貝殻鉱石の有無や海底居住区の建設が適切かどうかも調べる。それが終われば本格的な開拓もしくは保護が始まる。

日が昇ると、グレイたちは潜水艇で島の周囲を丹念に調べてまわり、ショアとライラは宿舎で彼らから送られてくるデータを整理し、統計を取り、採取した堆積物《たいせきぶつ》の分析をして過ごす。元々休暇を組み込んだ調査期間であるため、予定はゆったりとしたペースで組まれていた。

三日月型の、島の内弧《ないこ》にあたる北岸には真白い砂浜があり、海岸沿いに群生《ぐんせい》する椰子《やし》やトベラが涼しげな日陰と風避けを提供している。東側には標高百メートルほどの山。組成の大半は岩石だが、窪みや亀裂に添って羊歯類《しだるい》が生えており、麓《ふもと》には熱帯らしい小さな雨林が形成されている。月の外弧《がいこ》にあたる南岸から西端にかけては、まばらな潅木《かんぼく》が強い潮風にも負けずにしがみついている岩場が続き、野生の羚鹿《カモシカ》が出没する。

調査隊の宿舎となる建物は三棟。ひとつは小型化した海底居住用の透明円蓋《クラルスドーム》で、機材や食糧品などの保管場所。あとの二棟は、グレイとタフタフが島の住民が残した木製家屋を参考にして造りあげた高床式で、大きなひと棟は会議場と食堂を兼ねた共用スペース、残りのひと棟がそれぞれの居住用となっている。

ただし、タフタフとライラたち新婚夫妻は別に小さな小屋を作り、グレイとショアも少し離れた場所に建てた小屋で寝起きしている。

島ではほとんど通年雨が降るため、真水生成機に頼らなくても飲料水に困ることはない。一年の三分の一は雨期に当たり、その時期は朝晩二回、激しい驟雨《スコール》が降る。今は乾期に当たるため雨は一日一回。早朝もしくは夜、東の山頂でしとしとと降る程度である。

島に上陸したとき、ショアの目に最初に入ったのは白い砂浜に埋もれた人骨だった。

調査隊メンバーが数日かかって島内の白骨を調べた結果、かつての島民はおおよそ二百人前後だったと判明した。彼らが水腐病で全滅する直前、島を訪れたアストラン研究所の派遣隊員による報告書にも、ほぼ同数が記されていたのでまちがいはないだろう。

「ショアの父さんや母さんも、この中に？」

「……うん」

隣に降り立ったグレイの言葉にゆっくりとうなずきながら、ショアは浜辺を見渡した。

抜けるような青い空ときらめく陽光。染みひとつない白い砂浜にくっきりと影を落とす椰子の木々。うち寄せる波音も、たぶん十七年前と変わらない。

十七年前、赤黒い腐肉と死臭の中から、飢えと怯えで衰弱し、泣きじゃくっていた五歳のショアを助けだしてくれたのはエルリンク・クリシュナだった。

そしてあの日から、ショアの運命は変わってしまったのだ。

生まれ故郷の砂浜に立ち、碧い海のきらめきに目を細め、花の香りが混じる潮風に吹かれていると全てが夢のように感じるけれど――。

「明日の午後には、定期連絡船が到着するよ」

夕食の席で報告するディンの声に、ショアは我に返った。

橙色《だいだいいろ》の光に包まれた食卓では、皆が一斉に笑顔を浮かべて歓声を上げている。

三カ月に一度やってくる連絡船は、島では自給できない食糧や嗜好品《しこうひん》、家族からの便りや娯楽道具などを積んでくるのだ。

「ライラのための助産婦さんもちゃんと乗ってるって」

彼女の妊娠は、島に来て四カ月目に発覚した。ちょうど一度目の連絡船が島を出た半月後だった。その時点で二カ月目。明日やって来る連絡船で西海底都市《アウリム》に戻った方がいいという話も出たが、半月以上の船旅は母体に負担がかかる。さらにライラ自身の強い希望もあり、結局この島で出産することに決まったのだった。

翌日。

予定通り到着した連絡船の乗組員から手渡された手紙の中に、ショアは一通の封書を見つけて思わず息を呑んだ。

何の変哲《へんてつ》もない白い封筒に、機械で打ち出したような几帳面《きちょうめん》な文字で宛名が書かれている。なぜかふっ…と胸がざわついた。

急いで封筒を裏返し差出人を確認した瞬間、手紙を破り捨てたい衝動に駆られた。

差出人の名はエルリンク・クリシュナ。

ショアはとっさに周囲を見回し、それぞれ家族や友人から便りや贈り物を受け取って、盛り上がっている他のメンバーの表情を確認した。以前ショアを孤立させるためにエルリンクが採掘舎の班員たちにばらまいた手紙。グレイに送りつけた赤裸々な写真。

エルリンクからの手紙は、自動的に嫌な記憶をよみがえらせる。

「どうしたショア。手紙、誰からだった？」

肩口から覗き込むように声をかけられて、ショアはとっさに内心の動揺を押し隠した。

「レノと、療養中お世話になったひと」

さりげなく問題の封書をポケットにねじこんでふり返り、逆にグレイは誰から手紙をもらったのか尋ね返す。前みたいにエルリンクが匿名で何か送りつけてないかが心配だった。

「採掘舎の連中と宿舎のローザおばちゃん、あとは友だちからちらほら」

差出人をざっと確認しながら答えるグレイの手の中には、交友関係の広さと人づきあいのよさを表す手紙やメッセージカードが何通も重なっていた。

ショアは、タフタフやライラたちが受け取った手紙の差し出し人もさりげなく聞いてまわり、エルリンクからと思われる怪しい封書はないと確認して、ほっと肩の力を抜いた。

その夜。

結局、エルリンクからの手紙を開封して中身を確かめる勇気が出ないまま、ショアは寝台に横たわり、まんじりともせず息をひそめていた。隣ではグレイが安らかな寝息を立てている。夕方以降ショアの元気がないことを気にしてはいたが、昨夜の疲れが残っているせいだと言うと、照れ臭そうに恥じ入り「今夜はキスだけ」と宣言して、元気のないショアを気遣うように、何度も背中をやさしく撫でながら静かに寝入ってしまった。

南の島は新月の夜でも真の闇は訪れない。満天の星明かりとそれを映した海光が、あわく幻想的な藍色で世界を満たしている。

疲れているはずなのに安らかな眠りはなかなか訪れなかった。エルリンクが一体なにを伝えようとしてるのか気になる。迷惑だと思うのが半分、恐ろしさが半分。それが一番正直な気持ちだ。――今さら何を言ってきたのか。答えは開けられない封書の中。

椰子の木を利用して作った寝台は、寝返りを打つたび乾いた心地よい音を立てる。何度もその音を聞いてから、ショアはグレイの広くて温かな胸に顔を埋めて目を閉じた。

翌日。いつものように、陽射しが弱まる時間になると仕事を切り上げて散歩に出た。

体力作りと養生のために毎日続けている日課なので、誰も怪しんだりしない。ただし今日は西の入り江ではなく、島の南側に広がる岩だらけの丘陵《きゅうりょう》に向かう。

高台に登ると東を除く三方位がどこまでも遠く見渡せる。水晶を溶かしても、これほど美しい澄んだ水にはならないだろう。そう思える海と風、光と雲、寄せては打ち返しきらめく小波《さざなみ》と空。

吹き渡る風に髪を遊ばせながら、ショアはポケットから白い手紙を取りだした。

アストラン研究所で腫瘍と一緒にチップも摘出してくれたのが、他ならぬエルリンク自身だと知ったとき、ショアは彼を枕元に呼び、貴方の出世や名声に傷がつくようなことは絶対口外しないと約束する代わり、今後一切自分には関わらないで欲しいと申し出た。

養父が自分に向ける執着は、特効薬開発にまつわる非人道的行為の漏洩を心配してのことだと知っていたからだ。特効薬開発の素材としての利用価値が無くなり、余計なことを喋る心配もなくなれば、ショアを側に置いて監視する必要もないだろう。

その認識がまちがいではなかった証拠に、その後エルリンクはショアに近寄ることも言葉をかけることもなかった。

——エリィにとって、僕はその程度の存在価値しかなかったってことだ。

何度も思い知らされ、わかりきっていたことだから、今さら胸が痛んだりはしない。半年に及ぶ療養を終えて研究所を去るときも、特に言葉を交わしたりしなかった。

ショアが最後にエルリンクの姿を見たのは、南海調査船の出航を見送る人々の中だった。透明円蓋《クラルスドーム》の外周から伸びる桟橋で、風に吹かれて乱れた銀髪を整えもせず、無言で立ち尽くしていた白衣の長身。

傲慢で利己的で人でなし。同情できる要素などひとつもない。

あんな人間のことは一日も早く忘れてしまえばいい。

そう強く願えば願うほど、水平線の彼方に消えるまで桟橋に立ち尽くしていた白い影が脳裏によみがえり、胸が疼く。

「――…ッ」

自分の中に生まれた名状《めいじょう》し難《がた》い感情が、憎しみなのか悲しみなのかもわからないまま、ショアは発作的に手紙を引き裂こうとした。

過去は捨てた。養父《エリィ》の仕打ちも思い出も全て忘れると決めた。辛かった過去は忘れて、これからは幸せになることだけを考えればいいのだと、グレイも言ってくれる。

だから、こんな手紙もちりぢりに引き裂いて、風に飛ばしてしまえばいい。

そう思えば思うほど、封筒をにぎる指先の力が抜けてゆく。そのまま目を閉じて震えるショアの手元から、突然手紙が消え失せた。

「あ…！」

風にさらわれたのかと思わず視線をめぐらせた先に、生まれたばかりらしい仔鹿のたどたどしい後ろ姿が映った。その口が白いものをくわえている。

「待って！　それは食べ物じゃないよ」

あわてて追いかけるたショアの前に、岩影からのそりと母氈鹿が姿を見せた。島の岩場に棲息している野生の氈鹿たちは基本的に人間を怖れない。そして襲いかかってくることもない。しかし母親の目の前で乳飲み仔に手を出せば、結果は火を見るよりも明らかだ。

案の定、ショアが仔氈鹿を追いかけようとしたとたん、母親は蹄《ひづめ》を立てて威嚇《いかく》の構えを見せた。そんなつもりじゃないと言い訳をしながら、ショアは母氈鹿から距離を取りつつ仔氈鹿を追いかけようとして、すぐに足下の危うい岩場で動きまわる無謀さに根を上げた。どうせ破り捨てようとした手紙だ。こうなる運命だったんだ。そう諦めようとした瞬間、

「どうした、ショア」

岩の向こうからグレイがひょいと姿を現し、驚いた仔氈鹿が母を呼んで鳴き声をあげる。同時に白い封筒がひらりと空に舞い、風下に流れ落ちる寸前でグレイの手に捕らえられた。

母氈鹿の威嚇をかわして岩を迂回《うかい》しながら、グレイは歩きずらい岩場を軽々と飛び越えてショアに近づいた。「ほら」と、笑顔で噛み痕のある封書を差しだそうとして、ふと手を止め、差出人の名を見て思いきり眉をひそめる。

「あの、それは…」

グレイは、おずおずと差しだされたショアの手のひらと手紙を交互に見つめ、

「昨日から様子がおかしかったのは、こいつのせいか…」

低い声でつぶやき、もう一度ショアの瞳を見つめ、視線の高さに封筒をかざして、これ

をどうしたいのかと問いかけた。

「僕は…」

ショアの戸惑いを察したのか、グレイは少し悔しそうに口を開いた。

「見たくないなら、俺が破いて捨ててやる」

そうしてくれとも、しないでとも言えずショアは唇を噛みしめた。どうしたらいいのかわからないまま、瞬きを何度もくり返す。

「あいつがわざわざ寄こしたんだ。どうせロクな物じゃないだろうけど、見ないまま捨ててずっと気にするくらいなら、確認してから捨てればいい。俺も一緒に見てやるから」

もしもまた何か脅迫めいたものを送ってきたなら、きちんと対策を取るし、ショアが傷つくような内容ならアストランに戻ってから仕返しをしてやる。

そうきっぱりと言い切るグレイに抱き寄せられると、その胸の温かさ、支える腕の力強さに涙がにじむ。

「それの中身が何でも、あいつが何を言ってきても、俺はもう二度とおまえを離さないし、疑ったりしないから……」

グレイの言葉には過去に犯した己の過ちを悔いる響きが含まれている。その言葉と、自分を支えてくれる存在の確かさに、ショアは勇気を得て、封筒を受け取り封を切った。

「――…」

取り出した一枚の紙片を目にしたとたん、ショアは息を呑んで動きを止めた。

それは古ぼけた一枚の写真。

表面はあまり傷ついていないのに、四隅《よすみ》がすり切れて丸くなりかけているのは、持ち主がこの写真を大切に持ち歩き、折にふれ何度もケースから出して眺めていたからだろうか。

色あせた印画紙に焼きつけられているのは、アストラン研究所で暮らしはじめて間もない頃のショアとエルリンク。

エルリンクはまだ子どもの扱いに慣れていない様子で、五歳のショアを抱き上げる手つきもぎこちなく、無表情を保とうとして失敗した結果の困惑顔が、見る者の微笑を誘う。

幼いショアの方は相手の当惑など我関《われかん》せずの無邪気さで、背の高い男の首筋にしがみつき、満面の笑顔で青年の銀髪をくしゃくしゃにしながら頬にキスしている。

「——……エリィ……」

なぜ、この写真を送ってきたのか。

同じものをショアも持っていた。研究所の、自室の壁に貼って毎日眺めていたお気に入りの一枚だった。けれどそれは、自分が彼に利用されるためだけの存在だったと知ったとき焼き捨てた。他にも持っていた全ての写真と、彼に対する信頼と愛情と一緒に。

「ショア、大丈夫か?」

グレイの声で現実に引き戻され、瞬きをひとつした瞬間、大きな雫がポタリと角のすり切れた写真に落ちた。雫は、写真をにぎる指先、手の甲、手首を次々と濡らしてゆく。

「……う……っく」

「泣くな」

あんな奴のために泣かなくていい。グレイはそう言いたかったのかもしれない。

けれどショアの涙は止まらない。頬を伝う雫は、熱を失う間もなくあごの先からこぼれ落ち、瞬きをするたび、体温よりも熱く感じる涙が睫毛を濡らし、頬を下りてゆく。

――愛されていたのだろうか。本当はずっと……。

「……エリィ……は、僕を……ぼ……くを――」

ずっと愛してくれていたのか。

例え、その表現方法が結果的に相手を苦しめるものだったとしても。

古ぼけた写真が伝えてくるものは、確かに愛の形をしている。

グレイは何も言わず、泣きじゃくる恋人を静かに抱きしめ、ときどき慰めるようそっとこめかみやつむじにキスをくり返している。

足下が崩れ落ちそうな目眩の中で、ショアは背後から抱きしめてくれるグレイの腕にすがりつき、その胸に頭を預けて空を仰ぎ見た。

染み入るような青空は、まるで海の底から見上げるようにゆらゆらとゆらめいている。

その瞬間、強く吹き抜けた島風がショアの手の中から古ぼけた印画紙を奪い去っていった。

「…あっ——」

とっさに伸ばした指先の遙か先、海の色を映して明るい碧色をした空の彼方に、小さな紙片は運ばれてゆく。海を渡り山に当たって生まれた上昇気流に乗って、どこまでも。

「行くな」

背後から伸びた腕に肩をつかまれ引き戻されて、思わず追いかけ踏みだしかけた足が止まる。強く抱き寄せられて、耳元でもう一度はっきりと宣言される。

「あいつのことを忘れろとは言わない。許してやるのもいい。……だけど、俺はおまえを誰にも渡さない。例えおまえが、あいつのことを」

「グレイ」

愛しい男が、噛みしめた唇の合間から苦しい言葉を押しだす前に、ショアはふり返り、彼の口元を手のひらで覆った。

それ以上言う必要はないと首をふってから、そっと手を離し、代わりに唇を重ねる。

言葉にしなくても想いが伝わるだろうか。

わずかに唇を離し、確認するため陽に焼けた顔を見つめる。太陽を背にした男の顔は少しだけ翳《かげ》りを帯びて、どこか不安そうだった。

以前のショアも、鏡の中でいつもこんな瞳をしていた。愛されているか、希望はあるか。

自分が誰かにこんな表情をさせる日がくるなんて、不思議な気持ちだった。

「僕は……僕が今、愛しているのはグレイだよ」

そうささやいてもう一度キスをねだる。

重なる吐息の温かさ、抱きしめられる腕の確かさは何ものにも替えられない。ショアがようやく手に入れた幸福の象徴だ。

グレイの首に両手をまわして抱きしめながら、ショアはそっとまぶたを開けた。

風に乗って甘い花の香りが鼻腔をくすぐる。中天はどこまでも青く澄み渡り、水平線と接するあたりは海の色を映して碧く輝いている。

午後の陽射しの中で、遠くアストラン大陸から届けられた愛の欠片を吸い込んだ空は、恋人たちを包みこむように、どこまでも深くやさしくきらめいていた。

あとがき

文庫では初めまして。『あとがきを削っても構いませんので、イラストを入れてくださ い！』と拝み倒した六青みつみです。担当さま、願いを聞き届けて下さりありがとうござい ました。ということであとがき縮小バージョン「巻き」状態でまいります。

まずはカバーコメントの答は【可哀想なエリィ】ということでエルリンクでした。なぜ かということは本編を読んでいただければおわかりかと思います（笑）。彼は雑誌掲載分 だけでも充分可哀想でしたが、今回書き下ろしでさらに切ない感じに…。ふふふ

挿絵の藤たまき先生には、繊細なショアと格好いいグレイ、そしてねじれた愛情あふれ るエルリンクを書いていただきました。本当にありがとうございます！

そしてこの本を読んでくださった皆さま、本当にありがとうございます。今回はファン タジーということで、少し馴染みの浅い方もいらっしゃるかもしれませんが、日常のあれ これをちょっと離れて、海に囲まれた世界のお話を楽しんでいただけたら幸いです。

そして少しでも気に入っていただけましたら、ぜひ感想などお寄せくださいませ。

今後の予定と日記がメインのプチサイトですが…↓ http://www.lcv.ne.jp/˜incarose/

平成十七年　卯月　　六青みつみ

なんとゆーか…
例の彼が憎みきれないロクデナシというか…(笑)
ちょっと書下ろしがホロリときてしまう私です。
若かりし頃なれない育児なんて
やったりして…ちょっと…
憎めないなあっ…
みんな素敵♪

tamaki fuji

KAIOHSHA ガッシュ文庫

蒼い海に秘めた恋
（GUSH2004年5月号～7月号）

碧い空に満ちる愛
（書き下ろし）

蒼い海に秘めた恋
2005年5月10日初版第一刷発行
2006年11月1日　第二刷発行

著　者■六青みつみ
発行人■角谷　治
発行所■株式会社 海王社
〒102-8405
東京都千代田区一番町29-6
TEL.03(3222)5119(編集部)
TEL.03(3222)5115(出版営業部)
印　刷■図書印刷株式会社

ISBN4-87724-503-0

六青みつみ先生・藤たまき先生へのご感想・ファンレターは
〒102-8405 東京都千代田区一番町29-6
(株)海王社 ガッシュ文庫編集部気付でお送り下さい。